壺の中にはなにもない

戌井昭人

NHK出版

壺の中にはなにもない

装画　北澤平祐
装幀　宇都宮三鈴

勝田繁太郎《かつたしげたろう》。身長一七五センチ、体重六三キロ、二六歳、東京生まれ。独身。無愛想ではないけれど、愛嬌《あいきょう》はない。足の裏は臭くない、ワキも臭くない、全身ほぼ無臭。すね毛は濃いが、髭《ひげ》は薄く、髪の毛は多くて太いので、いつも寝グセがある。

体つきは、見た目よりも意外と筋肉質で、これまで大病を患ったこともなく、いたって健康体である。両眼とも裸眼で視力は一・五、眼鏡いらず。

肌艶は良い。食べ物の好き嫌いはないけれど、枇杷《びわ》のアレルギーがあり、食べると全身に蕁麻疹《じんましん》が出て痒《かゆ》くなる。酷《ひど》いときは、アナフィラキシーショックで喉が詰まり、呼吸が困難になることもある。他にも、さくらんぼと桃で同じような症状が出ることがある。しかし、枇杷もさくらんぼも桃も味は嫌いでないので、「今回は大丈夫だろう」と自己判断して、たまに食べてしまうことがある。だが大概は「痒い痒い」と大騒ぎをすることになった。

特に好きな食べ物はレトルトのカレーだが、こだわりはなく種類は何でも良い。味よりも、手軽に食べられるというところに魅力を感じていて、金属箔《きんぞくはく》の貼り合わせてあるプラスチック袋の素っ気無い雰囲気が宇宙食のようで好きなのだ。さらに、素っ気無いのに、封を開けるとしっかり香ってくるカレーの匂いもたまらない。温かいご飯に、常温のままレトルトカレーをかけるのが繁太郎の好みの食べ方だ。小学三年生の頃、昼間留守番をしていたとき、レトルトを湯煎したり、封を開けて皿に移して電子レンジで温めたりするのも面倒だったので、そのままご飯にかけてみたら、美味《うま》かったのだ。温かいご飯と常温のカレーが混じり合う絶妙なバランスに病みつきになった。子供の頃は、そのようにして食べているのを親や姉に見つかると、「何やってんの」「気持ち悪い」と咎《とが》められたので、いつも隠れて行っていた。学生時代のランチは、食堂で八〇円の温かいご飯を購入し、持参したレトルトカレーをかけるのが定番だった。もちろんまわりの生徒はいつも怪訝《けげん》そうな顔で、繁太郎を見ていた。

繁太郎は現在、神奈川県茅ヶ崎《ちがさき》市にある祖父が建てた別荘で住み込みの家政婦、山本《やまもと》タカヨさんと猫のダン之介《のすけ》と暮らしている。

海まで歩いて七分の場所にある別荘は、敷地面積は七〇〇坪、建坪は三〇〇坪で、一九七四年に建てられた和風モダンの建物は修繕をかさねて、現在も立派に持ちこたえている。手入れの行き届いた中庭には桜の木があり、池には亀の助作《すけさく》が四〇年以上住んでいる。

別荘のまわりは黒塀でぐるりと囲われていて、引き戸の入り口を開けると、石畳が敷いてあり、右には石榴《ざくろ》の木、左には松の木がある。外から見ると黒塀に見越しの松になっているのだった。

玄関を開けると、床は黒光りしたタイルが敷き詰められていて、靴を脱いで家の中に上がると、応接間に続くベージュの絨毯《じゅうたん》が敷かれた廊下がある。その先には、一五人が一緒に食事ができるテーブルが置かれた食堂があり、隣は、大きな窓から庭を望める居間になっている。廊下を挟んでキッチンがあり、その横が風呂場で、檜《ひのき》の湯船は五人が同時に浸かれる。

玄関をあがって右の部屋は八畳の和室で、タカヨさんの部屋になっている。左手の階段で二階に上がると、和室が二つ、洋室が三つある。二階の廊下の一番奥にかつて物置小屋として使われていた六畳間があって、ここが繁太郎の部屋になっているが、小さな窓が一つあるだけで、日当たりは良くない。タカヨさんには、「たくさん部屋が余ってるんだから、もっと良い部屋を使ったらどうですか」と言われているが、部屋なんてものは眠ることができれば十分という考えなので、繁太郎には何の不足もない。ここにリサイクルショップで購入した五〇〇〇円のパイプベッドと、服の入ったプラスチックの衣装ケースが二つ置いてある。

繁太郎の部屋の隣には庭に面した一〇畳間がある。ここはかつて、来客者が泊まる部屋として使われていた。祖父の友達で作家の葛西喜平太《かさいきへいた》は、一〇ヶ月滞在して、『つるべ落としの雷』を書き上げた。

映画俳優の木谷村秀治《きやむらひでじ》は女性スキャンダルでマスコミに追われていたとき、この部屋に隠れていたが、懲りずに部屋に女性を連れ込んでいた。他にも祖父に関わりのあるたくさんの著名人がこの部屋にやってきた。

現在はそのような人間が来ることはあまりないが、休みの日になると勝田家の誰かがやってくる。大学生の従兄弟《いとこ》は彼女を連れてきて泊まったり、姉の家族がやってきたりする。夏休みは子供達がやってきて長いことここで過ごし、クリスマスや正月は勝田家の皆が集まる場所にもなっている。

家政婦のタカヨさんは七〇歳で、別荘には二二歳のときから住み込みで働いていて、勝田家が集まるときは、料理のすべてをタカヨさんが作ってくれる。クリスマスはチキンを焼くし、シチューも作る。ケーキだって焼くことができるし、大福やクッキーも作れる。ぬか味噌《みそ》漬けは、毎日ぬか床をかきまわしているし、ピクルスを漬けたり、ジャムを煮たりもする。さらに、蕎麦《そば》やうどんを打つこともできる。

和洋折衷、料理ならなんでも得意で、勝田家では、タカヨさんの作るハンバーグが世界一美味《おい》しいということになっている。あるとき繁太郎の叔父が知り合いの料理評論家を別荘に連れてきて、タカヨさんのハンバーグを食べさせ、唸《うな》らせたこともあった。

正月になれば、勝田家の皆が別荘に集まるので、クリスマスが終わったあたりからおせち料理作りがはじまり、タカヨさん指揮のもと、女性陣が料理を作る。

タカヨさんは毎朝五時に起きて、台所と外まわりの掃除をし、朝食を作り、洗濯をする。それから家の中を掃除するのだが、このとき壊れた箇所を見つければ、業者に頼んですぐ修繕してもらっている。

そのおかげで四〇年以上前に建てられた別荘だが、現在も、あらゆるところが磨き抜かれていて、老舗の高級旅館のような佇《たたず》まいなのだった。

今朝も繁太郎は、タカヨさんに作ってもらった朝ごはんをのんびり食べていた。その口は、のろまな牛のように動いている。

生卵は一分半かき混ぜてからご飯にかけ、熱い味噌汁をゆっくり飲んで、アジの干物を箸でさばき、ご飯と一緒に食べる。

「繁太郎さん、今日のアジの干物美味しいでしょ」

タカヨさんが言った。

「もしかしてこれ、ひわさ商店のアジですか」

「そうです」

ひわさ商店は小田原《おだわら》にある干物屋で、勝田家が昔から贔屓《ひいき》にしている店だった。

「昨日、小田原に用事があったんで、繁太郎さんの好物だと思って買ってきたんです」

「ありがとうございます」

「繁太郎さんは子供の頃から、この干物大好きでしたもんね。いつも骨までしゃぶりついていて、骨が喉に刺さって病院行ったの覚えてます？」

「そんなことありましたか」

「ありましたよ。勝田家の皆が、夏休みに海外旅行している間、繁太郎さんだけ行きたがらなくて茅ヶ崎に来てたときです」

「それは覚えてます。毎年こっちに来てましたから」

「繁太郎さんがいるときは、毎日、干物を出してたんですよ。それで、あるとき、骨が喉に刺さってるのに繁太郎さん何も言わないから、翌日まで刺さりっぱなしで。朝になって喋《しゃべ》ったら、ガラガラ声になってたんです。『どうしたの?』って訊《き》いたら、『喉に魚の骨が刺さってるみたいです』って言うもんだから、急いで病院に連れてって、お医者さんにピンセットで抜いてもらったんですよ」

「そんなことありましたっけ?」

「ありましたよ。でも、その日の夜もケロッと干物を食べて、骨までしゃぶってましたけどね」

猫のダン之介が椅子の下にやってきた。繁太郎がアジの身を摘んで与えると、ダン之介は、「にゃー」と鳴いて繁太郎の足に体を擦りつけた。

食事を終えると繁太郎は、飯茶碗《めしぢゃわん》に濃いお茶を入れて、へばりついた米粒をきれいにこそげ取って食べた。

昔から食事をするのに時間がかかった繁太郎は、学校にもよく遅刻した。子供の頃は、家族の皆が食べ終わった後も一人でゆっくり食事をしていた。

朝ごはんがパンのときは、バターをトーストの隅々までしっかり塗るので、塗っている間に、家族が食事を終えていたこともあった。とにかく、一つ一つの動作が馬鹿丁寧で、まわりの人をイラつかせる。

食事の終わった繁太郎は、箸を置いて手を合わせた。

「ごちそうさまでした」

「そろそろ家を出ないと間に合いませんよ」

タカヨさんに言われる。

繁太郎は居間に行き、タカヨさんがアイロンをかけてくれていたシャツに着替え、ネクタイを締めてスーツを着た。

年代物のボンボン時計を見ると八時五〇分だった。

「行ってまいります！」

まるで小学校に向かう子供のような大きな声を出して玄関を飛び出し、自転車にまたがって、「ダルヌル研究所」に向かった。繁太郎は二週間前からここで働いているのだった。

ダルヌル研究所はダルさんとヌルさんという夫婦がやっている会社で、名前の通り一応は研究所だが、ダルさんが考えたアイデア商品を売っていて、繁太郎は営業として働いている。

自転車のペダルを必死に漕《こ》いでいる繁太郎の髪は、いつも寝グセのままだ。後頭部の髪の毛が脳天に向かって跳ね上がっているか、側頭部の髪がペタンコになっているかのどちらかで、今日は側頭部がペタンコの方だった。

海の方角からは心地好《よ》い風が吹いているが、向かい風は自転車を推進させるのに邪魔だった。時間は九時六分、ダルヌル研究所まであと五分かかる。九時出社が決まりだが、繁太郎はほぼ毎日遅刻している。

汗まみれになって到着すると、ダルさんはいつも通り庭にいて、上半身裸でタワシを体に擦りつけている。これは乾布摩擦のようなタワシ健康法で、血行を良くするらしい。ダルさんはこれを小学三年生の頃から続けていて、驚くことに、これまで一日も欠かしたことがないという。

タワシを握ったダルさんは、繁太郎を見るとニコニコしながら、「おはようございます。今日も健康第一、よろしくおねがいします」と話しかけてきた。

遅刻しないように心がけてもっと早く起きるとか、急いで朝飯を食べれば良いのだが、繁太郎は、あくまでも自分のペースを尊重する。ここに坊ちゃん育ちの甘さと頑固さが見てとれて、時に周囲を腹立たせるのだが、繁太郎以上に自分のペースで生きているダルさんには、他人の遅刻なんてどうでも良いのだった。

繁太郎が自転車を置くと、ダルさんは体を擦るタワシの手を止めて、「まずは、コーヒーを飲みましょう」と声をかける。

二人は事務所に移動して、ダルさん自作の焙煎機《ばいせんき》で焙煎した深入りのコーヒーをプレハブ小屋の事務所で飲む。これが朝の日課だ。

コーヒーを飲み終えると、繁太郎は駐車場に停まっている「ダルヌル研究所」と黒文字で書かれたオレンジ色の軽ワゴン車に乗り込んで営業に出る。助手席には、背中に「LAB DARU NURU」と白字で印刷されている青いジャンパーが置いてあり、普段ならジャケットの上からそれを羽織るが、今日は暑いので、茶色いジャケットを脱いでジャンパーに着替えた。

エンジンをかけて車を走らせる繁太郎は、二〇歳のときに免許を取得したが、ここで働き出すまでほとんど車を運転してこなかったので、運転はあまり上手ではない。

助手席に置いた茶色いジャケットは、祖父がロンドンのテーラーで仕立ててもらったスーツのお下がりだった。このようなスーツが三着あり、どれも色や形は少し時代遅れだが、生地や仕立てはしっかりしているため、見る人が見れば良いスーツだとわかるのものだった。

けれども、繁太郎はものを大切にしようとか、古いものをお洒落《しゃれ》に着るといった精神は微《み》塵《じん》もない。ただ服を買うのが面倒なだけだった。

繁太郎は大学を卒業してから、銀座《ぎんざ》の老舗ギャラリー「KAMEMATSU《亀松《かめまつ》》」に就職したが、このときから同じスーツを着まわしている。

軽ワゴン車のハンドルを握る繁太郎は、国道を走り、最寄りのインターチェンジを目指していた。

今日、営業に向かっているのは、ダルさんの大学時代の同級生が経営する健康食品の会社で銀座にあった。ここにダルさんの開発した「しじみ青汁無限ビタミン」という商品の試供品を届けるのだ。繁太郎は商品を届けた後に楽しみがあった。それは、以前、昼飯を食べによく通っていた有楽町《ゆうらくちょう》にある安いカレー屋に行くことだった。

銀座に行くのは、ギャラリーで働いていたとき以来なので久しぶりだった。勝田家の面々は季節の変わり目に、銀座のレストランや割烹《かっぽう》料理屋に集まって会食をするが、繁太郎が、そのような集まりに参加することはほぼなかった。

繁太郎の運転する軽ワゴン車は、茅ヶ崎海岸インターチェンジから高速に乗り、海老名《えびな》ジャンクションから東名高速で銀座へ向かった。この車にはカーナビがついていないので、ダルさんが「銀座の地図と道順のメモです」と言って渡してくれたメモの書いてある付箋《ふせん》をバックミラーの下に貼り付けた。メモには、「まずは東名高速乗っちゃってください。そこからは、いろんなジャンクションがあるから注意してちょーだい。とにもかくにも銀座方面へ向かうのだ。頑張れ！」と書いてあるだけで、道順というよりも単なる応援だった。

それよりも銀座に着いてからが大変だった。車をパーキングに停めた繁太郎は、ダルさんが描いてくれた銀座の地図を見ながら、健康食品会社「元気人間倶楽部《くらぶ》」を目指して歩いたが、この地図は付箋のメモ以上に妙なものだった。地図はA4のコピー用紙に描いてあり、よくわからない猫のイラストがあって、この猫が銀座の街を紹介している。イラストには漫画の吹き出しがあって、「このビルの三階のモンブランが美味しいよ」とか「ここは昔、美味しい中華料理屋があったのだ。私は広東麺が好きだった」とか「中学生時代、ここで父に時計を買ってもらいました。クオーツ」などと、個人の思い入れが記してあるので、わかりにくいことこの上ない。これも前日にダルさんが二時間かけて繁太郎のために丹精込めて作成したのだが、目的地を目指す地図としてはまるで役に立たない。

とはいえ、会社の住所が書いてなかったので、やはり頼ることのできるのは、この地図のみだった。

繁太郎は、架空の町を記してあるような地図と現実を照らし合わせ、三〇分以上かかってようやく目的のビルに着くことができた。本来なら駐車場から三分で着く距離だった。古い雑居ビルの三階に元気人間倶楽部はあったが、エレベーターが故障中のようで、繁太郎は階段を使った。

入り口のインターフォンを押すと、ドアが半分開き、メガネをかけて口を尖《とが》らせた、鳥のような顔の女が出てきた。

「はい、何ですか。どちら様ですか」

態度はつっけんどんだ。

「ダルヌル研究所から試供品を持ってきました」

「は？」

「ダルヌル研究所です」

女は繁太郎の顔を訝《いぶか》しげに見て、入り口脇にあった内線電話のボタンを押した。

「社長、ダルダルなんとかの人が来ましたけど」

「ああ、ダルさんのところの人ね、入ってもらって」

「はい、どうぞ」

鳥のような顔をした女に導かれて中に入ると、事務所の中はダンボールだらけで、梱包《こんぽう》作業をしている中年の男が二人いた。

女は、「あそこ」と奥のドアを指差した。

扉を開けるとソファーがあって、その奥に置かれた机の向こうにスーツを着て銀縁メガネを掛けた中年男が座っていた。彼も鳥のような顔をしていた。もしかすると、あの女と兄妹なのかもしれない。

「こんにちは、ダルヌル研究所から来ました」

「そこに座って」

繁太郎はソファーに腰を下ろして、男と対面した。

「ダルさんは元気？」

「元気です」

「相変わらず、変てこな発明してんでしょ」

「毎日、研究してます」

「あいつは学生の頃から変わらないねぇ。学生時代も、発明サークルに入っててさ、よく変てこな試作品を作っては、食堂なんかで披露してたんだよ。ヘルメットの上にプロペラがついてて、『タケコプター実現しました』なんつって、食堂の二階の吹き抜けから飛び降りて、大怪我したんだよ。知ってる？」

「知りません」

「でさ、この前、同窓会で会って話をしたら、まだ発明してるっていうじゃない。それで僕が健康食品の会社をやってるって名刺を渡したら、『良い健康食品がある、いま開発中なんだ』っていうじゃない」

「しじみ青汁無限ビタミンです」

繁太郎は紙袋から、ジッパー付きの透明プラスチック袋を出した。袋には黒いマジックで『しじみ青汁無限ビタミン・試供品』と書かれていた。中身は黒っぽい粉だった。

「それなの？」

「はい」

「色凄いね」

「そうですね」

「青汁なのに黒いね」

「黒いのはしじみですかね」

「うちの会社でも、青汁、しじみエキス、ビタミン各種は扱っているんだけど、これはつまり、しじみと青汁が一緒になってるってことなのかね」

「そうだと思います。あとビタミンですね」

「その無限ビタミンって何なの？」

「何でしょうね」

「君、営業だろ」

「はい」

「説明できないの？」

「できません」

「困った営業だね。ちょっとばかしも説明できないの？」

「無限の意味ですよね」

「そうだよ」

繁太郎は、袋を眺めながら考えた。

「単純にビタミン全般ってことじゃないですかね」

「それじゃあ、何の取り柄もないだろ。マルチビタミンみたいなもんじゃないの」

「そうですよね」

「そんなんじゃ、ダルさんの発明家としてのプライドが許さないだろ」

繁太郎は、ダルさんにプライドなんて言葉は当てはまらないと思った。プライドなんてつまらないものではなく、もっと違う次元で発明している気がする。

「きっと無限ってところに何かを込めているんだろ」

鳥のような顔の男は言う。

「ですかね」

「君は、これを飲んだことあるの？」

「ありません」

「営業しに来た人が飲んだこともないものを売り込みに来ちゃったの？」

「そういうことになります」

「困った営業だね。自社の商品説明をできないというのは、困ったもんだよ」

「困りました」

「それじゃあ、自己紹介をできない人と同じだよ。もし君が、初めて会った人の職業を尋ねても、その人が自分の職業を答えられなかったら不審に思うだろ、こいつは何者だって。自社の商品を説明できないってことは、自分の職業を答えられないのと同じことなんだよ……」

先ほどから繁太郎は、壁にかかっている時計をあからさまにチラチラと見ていた。鳥のような顔の男もそれに気づいた。

「なんだ君は、時計なんかチラチラ見ちゃって」

「すみません」

「感じ悪いね」

「ですよね」

「わかった。もう良いよ。とりあえず、その試供品置いていきなよ。あとはダルさんに連絡しておくから」

「よろしくおねがいします」

立ち上がった繁太郎は頭を下げてから、そそくさと部屋を出ていった。急いでいるのには理由があった。昼飯を食べようと思っていた有楽町のカレー屋は、一二時を過ぎると長い行列ができるので、なんとしてもその前に行きたかったのだ。だから男の話が長引いていくのが、気がかりで仕方なかった。元気人間倶楽部を出たのは、一一時四五分、早足で歩いて店に到着すると、行列はまだできていなかった。

店に入るとほっとするようなカレーの匂いがした。繁太郎は、ポークカレーに、ソーセージ、じゃがいも、ゆで卵をトッピングした。この店は、銀座のギャラリーで働いていたときにほぼ毎日来ていたので、白いコック帽をかぶった店のおじさんは繁太郎のことを覚えていて、店に入ると「おっ」という顔をしたが、お互い話したこともないので、挨拶はしなかった。おじさんは黙々とカレーをよそい、トッピングの品を載せて、繁太郎の前に差し出した。

当時働いていたギャラリーでは仲の良い社員はいなかったので、一人になれる昼の時間が待ち遠しかったのを、繁太郎は思い出した。

先ほども元気人間倶楽部の男に、「困った営業だね」と言われたが、ギャラリーで働いていたときもまったく使えない社員だったので、まわりから同じようなことを言われていた。

繁太郎が「KAMEMATSU《亀松》」で働くことができたのは、陶芸家であった祖父、勝田繁松郎《しげまつろう》の影響力によるもので、完全なコネ入社だった。

繁松郎は野放図な人間だったが、その父、つまり繁太郎の曾祖父《そうそふ》は、現代では考えられないくらいスケールの大きな人間だった。何を言われてもあまり気にしない繁太郎の勝手気ままな性格は、このような勝田家の流れを汲《く》んでいるのだった。

繁太郎の曾祖父、勝田繁八郎《しげはちろう》は、北九州の戸畑《とばた》で生まれた農家の息子で、九人兄弟の八番目だった。

子供の頃から体が大きかった繁八郎は、学校にはほとんど通わず、毎日農作業を手伝っていたので体力もあり、力も強かった。子供相撲や野良相撲では何度も優勝し、一三歳の頃に、相撲部屋のスカウトが来たが断った。なぜなら繁八郎は、一〇歳の頃から近所にあった無田《むた》口三法《ぐちさんぽう》流の武術道場で柔術に没頭していたからだった。

無田口三法流は江戸時代から続く武術で、当て身（パンチ）もある実践的なものだった。師匠の無田口剛毅《ごうき》は精神論を説き、社会のことを教え、地元では寺子屋のような役割も果たしていた。ろくに学校に通っていなかった繁八郎は、学ぶことの楽しさをここで覚えた。さらに柔術の腕前は誰よりも達者で、同年代に負けたことはなく、年上や師範格を負かしてしまうことすらあった。

繁八郎は一八歳のとき、無田口剛毅の次男、無田口高雄《たかお》とともに南米に無田口三法流を広める旅に出ることになる。当初、南米に行くのは繁八郎ではなく、無田口四兄弟の四男、無田口春夫《はるお》が行く予定であったが、四兄弟の中で一番やんちゃだった春夫は、南米に旅立つ半年前、小倉《こくら》の飲み屋で三人のチンピラヤクザといざこざを起こし、出刃包丁で刺されて、小倉の病院に入院することになった。ここでしっかり静養していれば良かったのだが、体力に自信があった春夫は、病院を抜け出し、うどんを食って、酒を飲み、その帰りに具合が悪くなり、路上で倒れて死んでしまった。

直接の死因は刺されたことではなく、傷も癒えぬ状態で酒を飲んだのがいけなかったのだが、原因を作ったのは刺したチンピラヤクザだということで、血気盛んな無田口三法流の道場生は仇討《あだう》ちの計画を立てる。だがその前に、一八歳の繁八郎が一人で小倉に繰り出し、春夫を刺した三人のチンピラヤクザを捜し出すと、彼らを滅多打ちにして、小倉の紫川《むらさきがわ》に投げ込んだ。三人の命は助かったが相当な怪我を負わせたため、今度は繁八郎が狙われる羽目になる。そこで師匠の無田口剛毅が、繁八郎をひとまず広島の道場に逃したが、北九州に戻ってきたらまた命を狙われるだろうということで、亡くなった春夫の代わりに南米に送り出すことにした。

南米に渡った無田口高雄と繁八郎は、余興試合でプロレスラーと戦ったり、サーカス団に紛れ込んで組み手を見せたりしながら、アルゼンチン、チリ、ペルー、コロンビア、ブラジル、パラグアイを三年かけてめぐった。その後、無田口高雄は日本に戻ったが、南米の水が合った繁八郎は日本には戻らずに、最終的にペルーのリマで道場を立ち上げようと東奔西走する。だが、なかなか道場設立までには至らず、その間に、中南米全域で事業家として成功していた日本人、天宮金次郎《あまみやきんじろう》のボディーガードをしながら糊口《ここう》をしのいでいた。

天宮は、パナマに会社を持ち、製薬業、マグロ漁、農場などを幅広く経営し、ペルーでは缶詰工場や日系人に貸付をする金融業も行っていた。このとき繁八郎は、天宮の娘、桜子《さくらこ》と出会い、二人は恋に落ちて結婚をする。

繁八郎は、結婚したことによって勢いに乗り、ようやく念願だった無田口三法流の道場をリマに立ち上げ、二人の息子にもめぐまれた。

さらに天宮の会社のあったパナマにも道場を設立することになり、準備のため家族でパナマに滞在している間に、日本がアメリカと開戦した。パナマ運河を租借していたアメリカは、パナマに在住する日本人すべてにスパイ容疑をかけ、天宮と繁八郎の家族全員は捕らえられ、バルボア収容所に入れられる。その後、アメリカの収容所に移送され、財産などはすべて没収されて、最後は日本とアメリカの残留者の交換船に乗せられて一家で日本に帰国する。帰国後は天宮の実家のあった福島に疎開していたが、根っからの商売人の天宮は、戦争が終わるとすぐペルーに渡り、あらためて缶詰工場を立ち上げ、ジャイアントコーンを日本に輸出する事業もはじめる。戦争で鬱屈《うっくつ》した思いを晴らすかのように、そのバイタリティーは以前より凄《すさ》まじかった。

天宮がペルーに渡ってから一年後、やはり南米の空気が忘れられなかった繁八郎は、家族を連れてペルーに渡り、道場の再建を試みる。

しかしその三ヶ月後、天宮はリマの街を車で走行中に、隣を走るオートバイの男がピストルを取り出して、頭を撃ち抜かれて殺されてしまった。犯人は、天宮が以前、金融業をやっていたときに恨みを持った現地人らしかったが、結局、最後まで見つからなかった。かつて無田口春夫の仇《かたき》をとったように、義憤に駆られた繁八郎は、「生かしておけぬ」と、犯人を捜し出して本気で殺そうとしていたが、仇をとる前に、天宮の事業を引き継ぐことになってしまった。それまで繁八郎は、無田口三法流のみで成り上がり、己には武道の心得しかないと思っていたので、ビジネスを任されることには不安しかなかった。だが武道の精神で培い、磨かれた判断力や決断力は、ビジネスでも活かされることになり、事業は天宮の頃より拡大し、大成功をおさめるのだった。

繁八郎の子供達は、小学生までペルーのリマで育ち、日系人の学校に通っていたが、中学からは日本の学校で教育をさせたいという桜子の願いから、繁八郎以外の家族はいったん日本に戻り、農地だらけだった世田谷《せたがや》の北沢《きたざわ》に居を構えた。

しばらくして日本に戻った繁八郎は、東京で飲食事業を立ち上げ、これも成功する。その後、八〇歳で亡くなるまで、日本とペルーを行き来しながら精力的に働いた。また日々の鍛錬も忘れておらず、北沢の自宅の隣には無田口三法流の道場を設立した。

天宮から繁八郎へ引き継がれた事業は、長男の繁竹郎《しげたけろう》が継いだ。繁竹郎は一橋大学を卒業後、すぐに父親の事業を手伝いはじめ、ペルーに渡り日系人と結婚し、現在もリマに住んでいる。

一方、次男の繁松郎は、父の仕事に見向きもせず芸術大学に進み、卒業後は、工事現場で働いて金を貯め、奥多摩《おくたま》にある檜原村《ひのはらむら》に土地を買い、工房と窯を作る。ここで俗世間から隔離した生活を送りながら焼き物を作り続け、空の中に飛び込んでしまったような青色の壺《つぼ》、「天明群青咲麻呂戯《てんみょうぐんじょうさきまろげ》」を作り、世に認められる。この青はペルーの遺跡で見た空の色を再現しようとしたものだった。

商売には興味を示さなかった繁松郎ではあるが、学生時代は幼少期に育ったペルーを頻繁《ひんぱん》に旅していた。ペルーには父の会社があり、兄は現地の日系人と結婚していたので、滞在に不便はなかった。

繁松郎はオートバイでペルーをまわり、まだ整備もされてない遺跡に立ち寄っては、寝転がって一日中空を眺めるなどしていた。この経験から、「天明群青咲麻呂戯」ができたといっても良い。

世に認められてからの繁松郎には、一気に上客がつきだした。このとき顧客となった政治家の娘と結婚し、成城《せいじょう》に居を構えて、一男二女をもうける。

五〇歳までの繁松郎は、一年間のほとんどを檜原村の工房に滞在し、精力的に作品を作り続けたが、あるとき、「面倒になった」と山を降りてきて、突然、放蕩三昧《ほうとうざんまい》の生活を送りはじめる。

背が高く、野性味のある風貌に山男のような髭を生やし、歯に衣着せぬ物言いで、文化人としても面白がられて、テレビやラジオに引っ張りだこになる。同時に生活も派手になり、毎晩銀座で飲み歩き、交流も華やかになり、浮気ばかりしていた。

すでに焼き物に対する求道心はなくなってしまっていたように見えたが、一度得た名声の力は強く、作品は売れ続け、一年に二回は檜原村の工房に一ヶ月籠って作業をした。

繁松郎の長男、勝田繁吉郎《しげきちろう》は、考古学者として美術大学の教授になる。彼もペルーには子供の頃からよく遊びに行っていたので、遺跡などが豊富なペルーの文明に興味を持ち、大学では考古学を専攻し、大学院に通い研究者となった。その後、ペルーに留学し、ペルー北部にあったインカ帝国前のチャチャポヤス文明を専門に研究し、現在も遺跡発掘調査を行っている。妻のよし子は女子大学を出てから、国際交流機構で働いていた。このとき派遣先のペルーで発掘調査をしていた繁吉郎と出会った二人は二年後に帰国して結婚する。その後、成城にある繁松郎の自宅の隣に家を建て、子供を授かる。長女みよ子、次に生まれたのが繁太郎だ。みよ子は医師になり大学病院で働いていて、旦那はフリーランスのコピーライターで、二人の子供がいる。

繁太郎は長男で勝田家の後継者だが、これまでの人生で彼のでくの坊さが露呈され続け、誰にも期待されていない。繁太郎の良いところは、人の悪口を言わない、あくせくしたところがない、おおらかであるところだが、それが反転して、ただの抜け作ということになっている。

小学校から大学まで、一貫教育の学校で学んだ繁太郎は、競争社会に呑み込まれることなく育ってきた。

まわりは、政治家、財閥関係者、大企業の社長、医師、芸能人などの子供ばかりだったが、繁太郎は家が裕福であることを有効活用しているようには見えなかった。しかし、祖父が高名な芸術家だったので、本人が活用しないにせよその恩恵は十分に享受していた。

けれども繁太郎は、服や物に頓着しないし、旅行にも興味がなかった。

小学生時代、友達はそれなりにはいたが、皆で遊ぶのはあまり好きではなかった。五年生の頃、大手建設会社、桜庭《さくらば》建設の社長の息子で、桜庭大吾《だいご》という同級生がいた。金持ちばかり集まる学校の中でもトップクラスで、繁太郎は仲が良かったわけではないが、彼の誕生日会に呼ばれた。

その日は土曜日でクラス全員が呼ばれていて、担任の先生も参加することになっていたが、繁太郎だけ「面倒だ」という理由で参加しなかった。すると翌週の月曜日から、誰も繁太郎に話しかけてこなくなった。「なんであいつだけ来ないんだ」「生意気だ」「ふざけてる」「協調性がない」「人を馬鹿にしてる」となって無視されたのだった。

だが繁太郎にとっては好都合だった。誰からも話しかけられず、一人の世界に没頭できるなんて最高だと思っていた。没頭といっても、たいした趣味もないので、ただ天井や壁を眺めて汚れを確認したり、机の木目を見つめたり、休み時間は空を眺めていただけだったが、人と喋らないというのはこんなにも楽なものなのかと、一人でニタニタしていた。学業の方は、宿題や課題はきちんとやるし、授業をサボることはなかったが、飛び抜けて成績が良かったわけでもない。

中学時代は部活にも入らず帰宅部で、学校が終わったらどれだけ早く家に帰れるかばかり考え、帰宅にかかった時間を手帳に記録し、今日は一分早かったなどと笑顔を浮かべて眺めていた。家に戻ってからはほとんど寝ていた。

あるとき帰宅中に、繁太郎のボサっとした見た目とお坊ちゃん学校の制服からチョロい奴だと思われ、渋谷《しぶや》で不良グループ三人に絡まれると、「金を貸してくれ」と言われ、一〇〇〇円札を渡した。その後も、三日に一度くらい彼らと遭遇し、「一〇〇〇円貸せ」と言われ続けた。その都度金を渡していたが、「貸せ」という言葉を真に受けた繁太郎は、本当に金を貸しているつもりでいて、手帳に金額を記録していた。

総額二万円くらいになった頃、「今度は一〇万を用意してこい」と言われた。そこでようやくおかしいと気づき、そんな大金は用意できないと伝え、手帳を見返し、「現在、貸しているお金は二万円になるけど、これはいつ返してくれるの?」と問いただすと、リーダー格の男に頭を叩《たた》かれた。さらに襟首を摑《つか》まれて、近くの雑居ビルの裏階段に連れ込まれ、暴行を受けたが、そろそろまずいと思った繁太郎はようやく抵抗して、リーダー格の男の胸ぐらを摑み投げ飛ばした。続け様に別の男にフック気味の当て身で顔面を狙うと顎にヒットし、相手はその場に倒れ、もう一人の男にも当て身をかまして、同じく顎にヒットさせる。リーダー格の男は怒り狂って立ち上がり、繁太郎に殴りかかってきたが、その後、何度も投げ飛ばしてノシてしまった。

彼らは、完全に戦意を喪失して地面にへたり込み、繁太郎を見上げた。

勝田家の男は、必ず曾祖父が作った北沢の道場に週二回通わなくてはならなかった。繁太郎も二歳の頃から、曾祖父の道場に通い、従兄弟や叔父、父と一緒に、嫌々ながらも当て身も使う実践的柔術を習っていた。

そんなことは露《つゆ》知らず、ただのでくの坊だと思っていた不良グループは簡単に打ち負かされてしまったのだ。

「お金は本当に返してくれないと困るんだ。ちゃんポロドリームのコンサートに行かなくちゃいけないし、会場でタオルとか写真集を買わなくちゃいけないから」

「ちゃんポロ？」

男達は目をキョトンとさせた。

「ちゃんポロドリームです」

ちゃんポロドリームとは、三人グループのアイドルユニットだった。何かに熱中することなどなかった繁太郎が珍しくアイドルを追いかけていたのは、アイドル好きの同級生、坂田《さかた》万蔵《ばんぞう》君に勧められたからだった。

坂田君は、他の同級生から相手にされていなかったので、同じく友達のいない繁太郎に近づき、ちゃんポロドリームがいかに素晴らしいかを説き続け、CDや写真集を貸して、繁太郎は半ば洗脳されるようにファンになっていた。繁太郎は元来人が良いので、このように洗脳されやすいところがある。

「そんなわけで、来週、大阪までコンサートに行くから、いままで貸してたお金は近々返して欲しいんだ」

二日後に彼らは、「利子もつけたから」と繁太郎に三万円を持ってきた。「利子はいらないよ」と繁太郎は断ったが、「とっといてくれ」「そして、俺達のことは忘れてくれ」と言われ、もらっておくことにした。

返してもらった金で、ちゃんポロドリームの大阪コンサートに坂田君と行った繁太郎は、握手会などにも参加して散財したが、二ヶ月後、急にちゃんポロドリームの追っかけをしている楽しさがわからなくなり、それまでに購入した写真集などをすべて捨ててしまった。

高校生になっても、家にばかりいる繁太郎に業を煮やした両親は、「旅でもしてこい」と、ペルーのリマに送り込んだ。当時、曾祖父は亡くなっていたが、大伯父である繁竹郎が現役で働いていたので、彼の家に世話になった。

リマではスペイン語の語学学校に通いながら、三ヶ月過ごし、曾祖父がリマに作った無田口三法流の道場にも通った。道場創設者のひ孫ということで厚遇され、道場生達が面倒を見てくれ、いろいろなところに遊びに連れて行ってくれたが、何ぶんすべてが受け身だったので、早く日本に帰りたいとばかり思っていた。

大学時代は、元来の社会性のなさに少しだけ進展があった。入学したとき、姉に、「あんたさ、せっかく大学生になったんだから、まともな人生を歩むために、サークルとか部活に入りなさいよ」と言われ、以降、毎晩のように「サークル入れ」「まともになれ」「家にずっといるな」「あんたが居間のソファーにいるのは目障りだ」と言われ続けた。

果たしてまともな人生というものが、繁太郎にとってはなんだかわからなかったが、姉にしつこく言われて辟易《へきえき》していたとき、ちゃんポロドリームのファンにさせられた坂田万蔵君に、かるたサークルを勧められたのだった。そこは百人一首を行うサークルで、繁太郎にとっては無縁の世界であったが、坂田君はその頃、百人一首アイドル（一〇〇人いる）、ハンドレッドワンネックを追いかけていたので、かるたサークルに入っていたのだった。

もちろん坂田君からは、ハンドレッドワンネックのファンになることも勧められたが、ちゃんポロドリームの一件もあったので、断り続けた。そのうち坂田君はアイドルを追いかける方が忙しくなり、サークルはやめてしまった。一方、繁太郎はかるたサークルを続け、次第にのめり込んでいき、競技かるたの大会にも出て準優勝したこともある。繁太郎は見た目や雰囲気とは違い、いざというときの反射神経がもの凄く良いのだった。

　かるたサークルは四年生まで続け、就職活動の第一希望は水道橋《すいどうばし》にある、かるたや百人一首を作っているおもちゃ会社だったが採用はされなかった。他にも、ゲーム会社、食品輸入会社、商社などを受けたが、すべて落ちた。繁太郎としてはこのまま就職せず、適当なアルバイトを見つけて、しばらくブラブラしていようかと思ったが、そんなことは特に姉が許さなかった。大学病院で医師として働く姉は、繁太郎とは真逆で出来が良かったので、弟のことを常にもどかしく思っていて、母よりも厳しかった。

　就職活動は全滅だったが、ここで祖父のコネを使い、銀座にあるギャラリー「ＫＡＭＥＭＡＴＳＵ《亀松》」に入社することができた。

　当初は、勝田繁松郎の孫ということで鳴り物入りで入社し、社員も期待していたが、フタを開けてみれば、ポンコツで使い物にならなかった。

　当たり前のようにスケジュールを間違え、期日を忘れる。だが、大作家の孫であり、その作品を扱っているギャラリーでもあるから、上司達は厳しいことは言えなかった。

　一度、繁太郎をギャラリーに立たせて接客をさせてみると、ギャラリーに所属する写真家のプリント作品を購入しようとしていた客に、「こんなに高い値段がついているのはおかしいです」と言って、後で上司の叱責を受け、以降、接客はさせないようにした。

また、パソコンに値段を入力する作業をやらせたら、すべてゼロが一つ足りなかったこともあった。四〇〇枚のダイレクトメールを送るため、郵便局に行かせれば、料金別納の印刷があるので窓口で渡せば良いものを、四〇〇枚の切手を買い、ずっと貼り続けていたこともあって、やることなすこと間が抜けていた。

ギャラリーのビルの一階には、教室一つ分くらいの広さの展示スペースがあり、二階と三階がオフィスになっている。社員は三〇人。陶芸家・勝田繁松郎以外にも、画家、写真家、彫刻家などのアーティストを抱えている。

繁太郎が入社したとき、繁松郎は八三歳だったが、いまでも無田口三法流の道場に顔を出しているため体力があり余っていて、銀座の高級クラブへ週に四回は遊びに行っていた。

あるとき、一七時になると繁松郎がギャラリーにやってきて、「あとどれくらいで仕事が終わるんだ」と、展示作品の値段表をコピーしていた繁太郎に訊いてきた。

「一時間くらいですけど」

「応接室で待ってるから、終わったら声かけろ」

繁松郎がズカズカと応接室に入っていくと、社員が瓶ビールを運んでいった。

繁松郎は、繁太郎のことを他の孫よりも可愛がっていた。勝田家の皆には抜け作と思われている繁太郎だが、他の孫のようにおべっかを使うところがないのを繁松郎は気に入っていたのだ。

繁太郎が七歳の頃に土をこねて作った焼き物がある。それは白い小さな壺で、子供が作ったものなので形が不釣り合いだし、ゴツゴツしていて傾いているが、「この衒《てら》いのなさは人間業《わざ》とは思えない、まるで猿が作ったみたいだ。わしはこういう作品をいつか作りたい」とえらく感動し、繁松郎は家の玄関に飾っていた。来客があったときなど、「先生、この作品素晴らしいですね」と言われると、「渾身《こんしん》の作だからな」と答え、さらに相手が感動を伝えてくると、「実は、これ孫が作ったんだ」と言って驚かせるのを楽しみにしていた。

繁松郎は、繁太郎の才能を見抜き、真剣に陶芸をやらせたいと思っていたが、繁太郎本人には、まったく興味がなかった。一方で、繁松郎の娘の息子の繁嗣《しげつぐ》、つまり繁太郎の従兄弟は、現在、芸大の大学院生で彫刻を勉強していて、都会的センスを持ち合わせ、如才無い性格なので後継者としてはベストなのだが、繁松郎は「あいつには邪心がある。その邪心はわしにそっくりだから、結局は、わしと似たようなものしか作ることができない」と話している。繁太郎のことは、「邪心などどこ吹く風の、繁太郎にこそ焼き物をやって欲しい。あいつには、わしが若い頃、山に籠って創作していたときの純真さがある」と言って大変期待しているのだが、繁太郎にとって祖父は、いつもいい加減で、軽薄で、単に不可解極まりない人だった。

繁太郎が仕事を終わらせて応接室に行くと、繁松郎は、ギャラリーのオーナーの亀松さんを相手にビールを飲んでいた。

「仕事終わりましたけど」

「鮨《すし》食いに行くぞ」

「いまからですか」

「そうだよ」

「でも今晩は、母がクリームシチューを作ると言ってました」

「クリームシチューなんて、温め直せば食えるけど、寿司は温めたら食えないだろ」

「何言ってるんですか」

「わしもよくわかんねえよ。行くぞ」

ギャラリーを出た二人は銀座にある繁松郎の馴染《なじ》みの鮨屋に行った。カウンター席に着いてから、繁松郎はまず瓶ビールを頼んだ。コップとビールを差し出されると、「ほら注《つ》げよ」と繁松郎が言った。すると繁太郎は自分のコップにビールを注ぎ、「じゃあ、いただきます」と言って飲みはじめた。

「違うよ、わしに注いでくれって」

「はあ」

繁太郎は繁松郎のコップにビールを注いだ。

「お前は本当に気遣い、気配りというのがないんだな」

「そもそも、気遣いというのがよくわからないんです」

「人に対して気を遣うんだよ。相手を気にかける。それが優しさでもある」

「そうですか」

「興味ないか」

「興味っていうか、よくわからないんですよね」

「しょうがねえな、お前、いままで気遣いなく生きてきちゃったんだ。なんで、そんなふうになっちまったのかね。まあ、気遣いがなくても生きてはいけるけど、そんなこんなで、お前はやっぱり女性にモテないだろ」

「モテたためしはないです」

「いままで『繁太郎さん、好きです』と言われたとか、ラブレターもらったとかないの？」

「高校のとき、ときどき電車で一緒になる女子高生に、手紙みたいなものをもらったことがあります」

「ラブレター？」

「そうなるんですかね」

「何て書いてあったんだ？」

「忘れました」

「失礼な奴だな。その娘さんは意を決して、お前に渡したかもしれないじゃねえの」

「そうなんですかね」

「ところで、いまはどうなんだい？　好きな人はいるのか。好きな女の一人や二人くらいいるんだろ」

「いません」

「おかしいよ」

「おかしくないですよ」

「その歳で、お前はおかしいよ」

「むしろ、その歳でおかしいのは繁松爺《じい》さんじゃないですか」

「なんで」

「だって、繁松爺さんは、爺さんのくせに愛人の五人や六人いるんでしょ」

「さすがに、五人も六人もいねえよ」

「三人ですか」

「まあ、そんくらいかな。でも、それは元気の証だから」

「元気というのは、他にももっと良い証があると思うんですけど」

「例えば？」

「足腰が強いとか」

「足腰は強いよ。いまだに道場に行けば、お前のことだって投げ飛ばすことができるだろ」

実際に道場で、繁太郎は繁松郎と最近組み手をしたが、軽々投げ飛ばされてしまったのだった。

「だとすると足腰が強すぎるからいけないんじゃないですか。年齢に見合った足腰になった方が良いですよ。繁松爺さんは、少しは老人らしく弱った方が良いんですよ」

「嫌なこと言うね。わしの場合、弱ったときは死ぬときだ」

「人間は皆、弱って死ぬんですよ」

「だったら突然、パッと死んじまいたい」

瓶ビールが空になったので、繁松郎はもう一本頼んだ。

「つうか、お前は、いまいくつなんだっけ？」

「二六歳です」

「込み入ったこと聞くけど、経験はあるの？」

「何の経験ですか」

「女性経験だよ」

「ありません」

「そんなに堂々と言わなくても良いんじゃないの」

「ありませんもんはありませんから、堂々も何もないですよ」

「それじゃあさ、お前、実は男の人を好きだとか」

「それは違うと思います」

「わしは偏見ないから、カミングアウトしても良いんだぞ」

「違います」

「性的には女の人が好きなのか」

「はい」

「女性に興味は？」

「なくはないですよ。一般的にあると思いますよ」

「一般的に……」

「自慰行為だってしてしまいますから」

「そこまで訊いてないけど」

「いや、結局、そこが気になってるんじゃないですか」

瓶ビールが差し出され、今度は繁太郎が繁松郎のコップにビールを注いだ。繁松郎はそのビールを美味そうに飲んで、少しニタニタしながら、「じゃあ、ついでに訊かせてもらうけど、ネタは？　つまりズリネタだ」と言った。

「ズリネタ？」

「だから、どのようにして自慰行為をすんだよ。エロ本見るとか」

「想像です」

「アダルトビデオとか、女性の裸の写真とか見ないの？」

「あくまで想像です」

「何を想像するの？」

「光の中にいる女性です」

「何だそれ？」

「これは、精通した中学生のときに現れたんです。まあ夢の中だったから、正確には夢精なんですが、もの凄い光の中に、ぼやっとした黒っぽい影の女性がいて、光がどんどん強くなって、眩《まぶ》しくて目も開けてられないような状態になったら、射精してたんです」

「寝てんだから目閉じてんだろ、それなのに、開けてられない状態って何か変じゃない」

「だから夢です」

「夢で光が」

「そうです」

「それで、いまでも、最初の夢精の体験を引きずってるわけか」

「引きずってるというのが、正しい表現かわかりませんが、とにかく、眩しい光の中にいる女性を想像して自慰行為をしてます」

「その光の中の女性は、ずっと同じ女性なの？」

「そうです。でも正確には、顔がぼやけているので同じなのかはわからないんですけど」

「その女性は実在してなくて、お前が頭の中で作り出した女性なの？」

「そうなるんですかね」

「それにしてもお前は、中学生の頃からずっと同じ光景を思い浮かべて、センズリをこいているのか」

「はい」

「何なんだ、律儀にもほどがあるよ。間抜けなロマンチストなのか」

「ロマンチストではないから、律儀なんですかね」

「だって、やらしくもない、光の中の女だろ。つうかその人、裸なの？」

「そこも謎なんですよ、黒っぽいんで」

「いやあ、まいった。お前は、わしの孫ながら、まったく不可解だ」

「繁松爺さんも不可解ですよ」

二人はビールを注ぎ合い、乾杯をして飲んだ。

繁松郎は、こいつは変てこな人間だが、やはり気が合うと思った。

繁太郎もまた、勝田家の中では祖父が一番物わかりが良く、何でも話すことができると感じていた。

カウンターにはゲソ焼きのおつまみが出された。

「何はともあれ、お前は、その幻の女一辺倒なんだな」

「幻の女って何ですか」

「お前のズリネタだよ。でも、お前はその女性に思いを馳《は》せているのだろうから、いくら想像の中でもズリネタっていうのも失礼だろ、だから幻の女と呼ばせていただいてるんだよ」

「幻の女ですか」

「そんでさ、お前はその幻の女一辺倒で、学生時代も好きな女性はいなかったの?」

「いません」

「学生のくせに、何やってたんだお前は」

「かるたですけど」

「じゃあ、学生時代はもっぱら、かるたと幻の女か」

「幻の方は頻繁じゃないですよ。週に二回とかです」

「回数なんて訊いてないよ。何なんだよ、お前は」

繁松郎は、呆れたように笑った。

「でもお前、学生の頃はかるたの大会で優勝してんだよな」

「準優勝です」

繁太郎は箸を伸ばして、ゲソ焼きをつまんだ。

「準優勝でも凄いんだろ」

「どうなんでしょう」

「かるたは、百人一首だろ」

「はい」

「もの凄い集中力でやるわけだろ」

「まぁ、そうです」

「幻の女もそうだけど、お前は集中力があるというか、何か一貫性があるんだな」

「どうなんですかね。そんなことより、このゲソ美味しいですね」

「ありがとうございます」

大将が笑顔で答えた。

「美味いに決まってんだろ、五万くらいすんだぞ」

「えっ！　そんな高いんですか」

「嘘《うそ》だよ」

「なんだ驚きました」

「でも五〇〇〇円くらいすんのかね大将」

「もう少し安いです」

「しかし、そう聞くと、ゲソのありがたみというのがわからなくなってきます。やはりゲソは安くて美味しいというのが良いところなので、高いとなるとありがたみが半減します」

カウンターの中の大将が面白そうに笑っていた。

「うるせえなお前は。すまんね大将、生意気なこと言って」

「いえいえ」

「あのな、このゲソには、ツメという甘いタレが塗ってあるだろ」

繁松郎はゲソを箸でつまんで繁太郎に見せた。

「これを作るのは大変な作業なんだ」

「そうなんですか」

「さらに下処理したり、茹《ゆ》でたり、焼いたり、大将の熟練の仕事があるから、お前はこのゲソを美味しく食えるんだ」

「はい」

「つまり、お前の普段食ってるゲソとは格が違うんだ」

「ゲソに格なんてあるんですかね、ゲソはゲソですよ」

「お兄さんの言ってることもわかりますよ。やっぱりゲソってのは、安くて美味しいのが一番なんだから」

大将が言った。

「そうですよね。ここのゲソは、とんでもなく美味しいですけど、ゲソなら、ここまで美味しくなくても構わないとも思えてきます。やっぱりゲソなんだから」

「おめえのその屁理屈《へりくつ》な性格は誰に似たんだ」

「誰でしょう」

「とにかく、美味いゲソなんだろ」

「はい」

「だったら、それで良いじゃねえか。それに、ここの会計はわしが払うんだ。お前はゴタゴタ言ってないで、そのゲソをありがたがれ」

「そうします」

「じゃあ次はゲソを握ってもらうか」

「はいよ」

大将の声が響いた。

「あと、日本酒も頼むよ」

「はいよ」

「ところでお前、幻の女から脱するため、お見合いをするつもりはないか」

「は？」

「お前は、なかなか良い女性と出会う機会がないだろ。それに、まがりなりにも勝田繁松郎の長男の息子になるわけだから、わしの直系なわけだ」

「そうなりますね……」

「なんだよ残念なのか」

「残念ではないですけど、最高でもないですよ」

「最高だろ、こんな美味いゲソを食わせてくれる爺さんってのは、なかなかいないよ」

「そうですけど」

「でな、なるべくなら、直系の血を絶やしたくない」

「何言ってるんですか。いまの時代、血なんてもんにこだわってるのは時代錯誤ですよ」

「わしには時代なんて関係ねえよ」

「そうですか」

「でも、肝心のお前はどうだい、まったく女っ気はねえし、困ったもんじゃねえか。さらに幻の女がはびこっているわけだろ」

「はびこってるわけではないですし、困らなくても良いじゃないですか」

「困るんだよこっちは。そこでな、お前、とりあえずお見合いしろ」

「突然そんなこと言われても、困るんですけど」

「来週の土曜日、予定空けておけ。母ちゃんと父ちゃんにはもう連絡してあるから」

「そうなんですか」

「土曜日な」

「土曜はちょっと困ります」

「用事でもあるのかよ」

「用事というか、土曜は寝て過ごしたいから」

「起きろ、馬鹿野郎!」

ゲソの握りが一貫ずつ出てきた。

つまんで口の中に入れた繁太郎の顔がほころぶ。

「土曜日だぞ、空けとけよ」

「わかりましたけど」

気乗りしない返事をして、その後、繁太郎はゲソを三貫頼んで食べた。

鮨屋を出てから繁松郎が銀座のクラブに行こうと誘ったが繁太郎は断った。

「つまらねえ奴だな、綺麗《きれい》なお姉ちゃんと話をしたくないのか」

「別に」

「何なんだよお前」

繁太郎は電車で家に帰った。


翌週の土曜日、繁太郎はスーツを着て、両親と帝国ホテルのロビーにやってきた。しばらくすると、繁松郎もやってきた。集まった四人は、ホテル内の割烹料理屋に移動した。

お見合いの相手は、藪木《やぶき》財閥の藪木新平太《しんぺいた》の孫娘、亜沙子《あさこ》だった。彼女は二六歳までロンドンに住んでいたが、二年前に日本に戻ってきて、現在は翻訳、通訳の仕事をしている。

新平太と繁松郎は、銀座のクラブの飲み友達だった。同じ店で顔を合わせるうちに仲良くなり、一緒に九州やラスベガス、香港などに行ったことがある。

一ヶ月前、いつものように銀座のクラブで顔を合わせると、新平太が亜沙子の話をはじめた。彼は普段家族の話をあまりしないので珍しいことだったが、孫娘が可愛くてしょうがないらしい。

亜沙子はお見合いをしたいらしく、「お爺様の知り合いを紹介してくれるならば、間違いはないでしょうから」と最近話していたという。

実は亜沙子は、三ヶ月前に二年間付き合っていたニュースキャスターの男にフラれて、傷心していたのだ。

男の方は、亜沙子のわがままぶりに愛想をつかして別れたのだが、一ヶ月後に結婚した。それを知った亜沙子は、「自分も結婚してやる」と躍起になり、お見合いをしたいと言い出したのだ。

ようするに別れてすぐに結婚した男が許せず、プライドも傷ついたので、祖父の知り合いの立派な男に出会いたいと思っていただけだった。

そんな事情は露知らず、新平太から話を聞いた繁松郎は、「うちにも同い歳くらいの孫がいるよ、ギャラリーで働いているんだけど」と話すと、是非紹介して欲しいということになった。

繁松郎は、新平太が常に持ち歩いている亜沙子の成人式の写真を見せてもらった。藪木家の血が濃いようで、新平太によく似ていて、目も鋭くて大きく、鼻筋の通ったしっかりした顔立ちだった。

さらに週に三回はジムと水泳に通い、エステも欠かさないらしく、スタイルが良くて、外見に関しては申し分ない。だがいかんせん、そのキリッとした雰囲気から見て取れるように、気が強そうな一面が表れていた。

勝田家ではでくの坊呼ばわりされている繁太郎に、果たして彼女の相手が務まるのかと繁松郎は思ったが、モノは試しということで、祖父同士でお見合いの話をまとめてしまった。

先に店の個室に入った勝田家の面々は、藪木家がやってくるのを待っていた。

「繁太郎、シャンとしてなさいよ」

よし子が釘《くぎ》を刺す。

「シャンとするも何も、まったく乗り気じゃないんですけど」

「お前は黙ってろ。いつもみたいに余計なこと絶対に言うなよ」

繁松郎がたたみかけた。

「余計なことって何ですか」

「それが余計なんだよ」

藪木家の面々がやってきた。藪木新平太に、彼の息子で現在、藪木財閥を継いでいる三津《みつ》五郎《ごろう》、その妻の咲子《さきこ》、そして亜沙子だった。

藪木家は華族の流れを汲む財閥で、見るからに品格のある家族だった。それに比べると勝田家は、たしかに金持ちではあるが、そもそもが柔術家として身を立てた繁八郎の子孫達で、気合いと根性で南米で成り上がった一族なのだった。それゆえ、藪木家よりも品格が劣っているのは仕方がなかった。

それぞれが席に着き、会食がはじまった。皆、最初は何を喋ったら良いのかわからず、繁松郎と新平太の祖父同士が場を盛り上げた。すると三津五郎が、「たしか二〇年くらい前、新宿《しんじゅく》のうちのビルに入っているギャラリーで、繁松郎さんの作品展をやったことがありますよね」と話題を振った。

藪木財閥は新宿の高層ビル群の中に、藪木プラザビルを所有していて、その一階にギャラリーが入っている。

「はい、やりました」

「そこでわたし、このくらいの壺を購入しました。茶色くて、青い蛇のような模様のある」

「それは、天明藪蛇利満壺《てんみょうやぶへびりまんつぼ》って作品です」

「うちの和室にいまでも飾ってありますよ」

「え？　あの壺？」

亜沙子がわざとらしく驚いてみせる。

「あの壺の作者が、いまここにいる勝田繁松郎さんだよ」

「そうです、わたくしです。あのときは、他にも天明《てんみょう》豹骨《ひょうこつ》詩《し》神壺《しんつぼ》と天明《てんみょう》猛禽《もうきん》爪《そう》津壺《しんつぼ》ってのを作ったんだな」

「あの壺は一目惚《ぼ》れしてしまって、見た瞬間に決めたんです」

「ありがとうございます。あれは新平太さんの息子さんのところに行ってたのか」

「繁太郎さんはギャラリーで働いているということですが、やはり、お爺様の作品に影響を受けて、アートが好きになったんですか」

亜沙子が訊いてきた。

「いえ、影響は受けてません。そもそも高価な壺というのが意味がわからないし、それを買う人の気持ちもわかりません。だからギャラリーで働いてはいますが、アートにはまったく興味がありません」

三津五郎の顔が少し険しくなった。すると繁松郎が苦笑いをしながら、取り繕うように、

「でもね、こいつは陶芸の才能があるんだよ」と言った。

「え？　僕が？」

「ゆくゆくは、わしの技術や工房を引き渡したいと思っている」

繁吉郎とよし子が顔を見合わせて驚いた顔をしている。二人は、繁松郎が繁太郎に工房を継がせたいと考えていることは初耳だった。

「工房はどちらにあるんですか」と三津五郎が訊いた。

「奥多摩の山ん中、檜原村です。こいつには、あそこで創作活動に打ち込んでもらいたいんだけどね」

「僕には、陶芸や芸術の才能なんてまったくないですよ」

「お前にはあるんだよ。子供の頃からあるんだ。わしなんて何十年も土をこねくりまわしてきたから、そいつの土をこねくりまわしてる姿を見ただけで、性格もわかるし、どのくらい才能があるかわかるんだ」

「でも、子供の頃ですよね」

「だから、余計わかるんだ」

「繁太郎さん、お爺様を継いで陶芸家になれば良いじゃないですか。陶芸家の生活なんて憧れちゃいます。山の中で自然に囲まれて、土をこねるなんて素敵じゃないですか」

「単なる肉体労働なんだけどね」

繁松郎が笑った。

「でも素敵です」

「山の中の生活なんて亜沙子にできるのかね。お前、都会しか知らないじゃないか」

新平太が指摘した。

「失礼しちゃうわ、できますよ。軽井沢《かるいざわ》の別荘に三ヶ月いたことだってあるんですよ」

「軽井沢の別荘とはわけが違うだろ、ねえ、繁松郎さん」

「工房は別荘地とは違うから不便だし、虫や野生動物もうじゃうじゃいます」

「軽井沢だって猿が出るんですよ。それを退治するために、火薬で音が鳴る鉄砲をパンッて撃って脅かしてましたよ」

「工房のまわりには蛇も出ますし、最近は熊も出ます」

「わたし熊大好きなんです。クマのプーさんが好きなんですよ。それに軽井沢の別荘地も熊が出ることがあります」

繁松郎と亜沙子のやりとりに加わらず、繁太郎はつまらなそうに天井を眺めていた。すると、亜沙子が気を遣ったのか「繁太郎さんは熊好きですか」と訊いてきた。

「は？」

「熊はお好きですか」

「熊は、子供の頃、祖父の工房に遊びに行ったとき、近所の人から熊肉を分けてもらって、熊汁を食べさせられました。あれは元気がつくのか、明け方まで眠れなくなってしまいましたけど、味は好きかどうかよくわかりませんでした」

　このように繁太郎に話を振るとチグハグになってしまうのだが、そこが面白かったのか、亜沙子はからかうように質問を続けた。

「繁太郎さん趣味は何ですか」

「趣味ですか、何だろうなあ……」

　繁太郎は考え込んでしまい、沈黙が続いた。皆はその沈黙に気まずくなっていたが、本人は気にしていない様子だ。すると何も言わない繁太郎に代わって、繁松郎が「亜沙子さんの趣味は何ですか」と訊いた。

「わたしは旅行が趣味です。先月もギリシャに行ってまいりました。海が青くて、いつか住んでみたいと思いました」

「ほお、ギリシャ、良いですね。わしも昔行きました。魚が美味かった記憶があるな。あと街が白くて、いつも眩しかった」

　そのとき、話の流れを無視するように、「まあ、趣味といえば、かるたですかね」と繁太郎が突然言い出した。

「は？」と亜沙子が驚く。

「僕は大学生の頃、かるたのサークルに入ってまして、百人一首をやってました」

「百人一首ですか」

「亜沙子さんは百人一首やったことありますか」

「子供のときやった記憶があるような気がしますけど」

「そうですか、それで亜沙子さんの趣味は何でしたっけ？」

「旅行です」

「あーそうか」

「繁太郎さん、旅行は好きですか。海外とか行かないんですか」

「海外は高校生の頃、曾祖父の関係もあって、ペルーに三ヶ月くらい滞在してたことがありますが、それ以降は行ってません」

「こいつは家族で海外旅行するときも、子供の頃から一緒に行きたがらなかったんですよ」

繁吉郎が言葉を継いだ。

「そもそも他人と旅行するってのが、どうも好きではありません。旅行なら一人で行くのが好きです」

「例えばどこへ？」

「一番最近一人で旅したのは、一年前の京都です。というか、かるたの大会があって、後輩が出るので見に行くのが目的でした」

「そうですか……」

話がどうにも盛り上がらない。これは繁太郎のせいである。

「好きな食べ物は？」

亜沙子がまた訊いた。

「最近はゲソです。あとはカレーです」

「好きな音楽は？」

「音楽は聴きません」

「好きな映画は」

「映画はあまり観ませんから好きな映画はありません」

「テレビも観ませんか」

「テレビを観るのは一年で一回くらいです。大晦日《おおみそか》に『ゆく年くる年』を観るくらい」

「じゃあ、普段はどんなことをしているんですか」

「主に寝てます」

「本は読みますか」

「本も読みません」

このやりとりに、繁松郎がイライラしはじめた。

「いったいぜんたい、お前の好きなことは何なんだよ」

「本当に何なんですかね」

「幸せだなと感じる瞬間とかないのか」

「幸せの瞬間ですか」

「そうですよ、どういうときに幸せを感じるんですか」

亜沙子にも言われた。

「強いて言えば、茅ヶ崎にある祖父の別荘へ行って、その庭にある東屋《あずまや》で猫のダン之介とボケっとしているときですかね」

「繁太郎さん猫が好きなんですか」

「好きです。亜沙子さんは好きですか」

「わたしは猫アレルギーで、触るとくしゃみが止まらなくなるんです」

「それは残念ですね。あんな可愛い生き物を触れないというのは、人生損をしているみたいですよ」

「損ですか……」

「はい、損です」

「アレルギーなんだから仕方がないじゃないか。損なんて言って、お前失礼だぞ」

繁松郎が叱り飛ばす。

「すみません」

「いいえ。でも、たしかに猫を触れないというのは、何か損をしている気分です」

「亜沙子さんが幸せだなと思う瞬間はどんなときですか」

繁松郎が話題を変えた。

「やっぱり旅行をしているときですかね。スペインのアンダルシア地方を旅していたときはずっと幸せでした。美味しい食べ物、豊かな自然、そのようなものを前にしたときに、幸せを感じます。そういえば繁太郎さん、先ほどゲソがお好きとおっしゃっていましたが、ゲソはイカのゲソのことですよね」

「はい」

「地中海のイカは美味しいんですよ」

「へえ」

「炭火で焼いて、オリーブオイルと塩で食べるんです」

「はあ」

「冷やした白ワインもあると最高です」

「へえ」

「さらにデザートはオレンジのシャーベットです」

「はあ」

「スペインのオレンジは美味しいんです。朝ごはんの、しぼりたてのオレンジジュースは最高です」

「へえ」

繁太郎の受け答えに、業を煮やした繁松郎は、「おい、繁太郎。お前、会話ってのをしろ、もっと真面目に会話しろ。『へえ』『はあ』だけで答えやがって、亜沙子さんに失礼だぞ」と怒りはじめた。

「いえいえ、わたしの話がつまらなかったのかもしれません」

亜沙子は繁太郎を見て微笑《ほほえ》んだ。しかし、その目はどうも笑ってないように見える。

「いやいや、こいつがつまらない男なんだよ。本当に駄目だよ。人間としてどうかと思えてくるよ。気遣いもちっともできなくてね。あーつまらねえ男だ」

「お義父《とう》さん、ちょっと言い過ぎじゃないですか」

よし子がフォローする。

「だって事実じゃねえか」

「たしかに僕はつまらない男です」

「つまらないというか、誠実なんじゃないですか」

繁太郎のことを持ち上げる亜沙子であったが、すでに呆れているようで、その目は笑ってなかった。

「誠実なのかどうなのかわからないです。でも、小学生の頃から、つまらない奴だと言われ続けてきました」

「筋金入りなんだよ、こいつの人間のつまらなさは」

繁松郎が言う。

「はい。筋金入りです」

「困ったもんだよ」

繁松郎が笑うと、繁太郎も笑った。他の皆は苦笑いをしていた。

やがてデザートになり、お茶と長崎産の高級枇杷が出てきた。

真っ白の美しい皿に載せられた枇杷を見た亜沙子は、「わたし枇杷が大好きなんです。そうそう、先ほど、幸せを感じる瞬間の話をしましたけど、もしかしたら枇杷を食べているときかもしれません」と目を輝かせた。

繁太郎には枇杷のアレルギーがあるので、体調によってアレルギー反応が激しく現れるときがある。

ここは食べるべきかどうか悩んだ。だが、先ほど亜沙子に対し、猫アレルギーのことで「損だ」と言ってしまった手前、自分のアレルギーの話など言い出せないと思い、枇杷を平らげてしまった。それを見たよし子が、「あれ、あんた枇杷食べちゃったけど大丈夫なの？」と驚いたが、「は？　何ですかそれ」と言って繁太郎はごまかした。

亜沙子は、「この枇杷本当に美味しい」と喜んで、新平太の枇杷も食べ、さらには店にお土産で包んでもらうよう頼んでいた。

あまりの勢いで枇杷を食べる亜沙子を見ているうちに、繁太郎の喉は、どんどん痒くなってきた。

割烹料理屋を後にして、ラウンジに移動しコーヒーを飲むことになった。

繁松郎はラウンジに行く前にトイレに立ち寄った。用を済ませてトイレを出ると、亜沙子がスマートフォンで話をしていた。繁松郎には気づいてない様子で、喋る声が聞こえてきた。

「全然駄目。良く言えばユニークな人なんだけど、変なんだよね。おじいさんは有名な陶芸家で、本人はギャラリーで働いてるらしいんだけど、なんだかよくわかんない人でさ、話は通じないし。何て言うのかな、ダメ男感が凄いんだよ」

亜沙子は、繁太郎のことを電話の相手に話していた。これ以上聞いているのが忍びなくなり、繁松郎はその場を後にした。

ラウンジに戻ってしばらくすると、亜沙子が笑顔で戻ってきた。先ほど電話で話していたのとは別人のように振る舞っている。

繁太郎の顔が真っ赤になっていた。

「なんだお前、酒飲みすぎたか」

「いいえ、お酒は大して飲んでないんですが、喉が詰まってきて……」

その直後、うめきはじめた繁太郎は白目をむき、その場で失神してしまった。枇杷のアレルギーによるアナフィラキシーショックだった。繁太郎は症状が良くなるまで、ロビーの椅子で一時間半ほどうなだれていた。その間に藪木家の面々は帰ってしまい、繁松郎はどこかへ飲みに行き、繁吉郎は、「まだ開いてる時間だ」と言って国立国会図書館に調べ物をしに行ってしまった。よし子だけが繁太郎の横に座って声をかけ、ずっと背中をさすっていた。

翌日、新平太から繁松郎に連絡があった。

もちろんお見合いは破談になった。

お見合いの二週間後、繁松郎がギャラリーを訪ねてきた。

「おい」

廊下のコピー機で、パンフレットのコピーをとっていた繁太郎に声をかけた。

「何ですか」

「仕事してっか」

「してますよ」

「お前は、コピーばっかとってるな」

「コピーをとるくらいの仕事しかできませんから」

「あとどのくらいで、仕事終わるの？」

「一時間くらいです」

「応接室で待ってるから、終わったら飯を食いに行こう」

「はあ」

繁松郎がずけずけと応接室に入っていくと、社員が瓶ビールを持っていった。このギャラリーには、繁松郎が来たときのための瓶ビールが常に用意されているのだ。

コピーが終わった繁太郎は、自分のデスクに戻りパンフレットをホチキスでまとめていたが、途中で表紙が裏表逆になっているのを先輩社員に指摘され、いったんとめたホチキスを外してやり直すはめになった。

繁松郎は応接室で、亀松さんを相手にビールを飲んでいた。

「お前、一時間って言ったのに、二時間くらいかかってるじゃねえか」

「ちょっとミスをしてしまったんで」

「ミス？」

「そうなんです。表紙の裏と表を間違えてしまっていたんです」

「亀松さん、どうなんですか。なんだかこいつミスばかりしているそうじゃないですか」

「そうですね」

「仕事はできてるんですか」

「それなりには、やってもらってます」

「はっきり言って、使い物にならないんじゃないですか」

「そんなことないですよ。黙々と働いてくれますし、搬入のときは重たいものも嫌な顔せずに運んでくれます」

「そんなの誰でもできる仕事じゃないの。繁太郎には仕事の才能がないんだよ。コピーとるのが関の山でさ」

「でも丁寧にコピーをとってくれますからね」

「丁寧なのは取り柄かもしれないけれど、機転はまったくきかないだろ」

「そういうところもあるかもしれません」

「そんなこんなで、仕事ができない繁太郎には、わしのあとをゆくゆく継がそうと思っているんだ」

「それは、焼き物を?」

「ああ」

「繁太郎君を陶芸家に?」

「そう。檜原村の工房は繁太郎に譲ろうと思ってる」

「何言ってんですか、繁松爺さん。僕はいらないですよ工房なんて」

「こんな感じで本人にやる気ないんだけど、こいつには才能があるから」

「才能なんてないですよ」

「親族や会社では抜け作だとか言われているけど、実は、一つのことに取り組んだらとことんやるってことを、わしは知ってるんだ」

「会社では、まだ抜け作なんて言われてませんよ」

亀松さんさんが訂正した。

「まだ?」

「まだっていうか……」

亀松さんは苦笑いしている。

「でもいずれ言われるようになるさ、いま言われてなくても、皆、心の中ではそう思ってるんだ。でもこいつの集中力、実は凄いんだ。なんせ、かるたの大会で優勝してんだから」

「準優勝です」

「同じようなもんだ。そのくらいまで突き詰めることもできるんだな」

「かるたは遊びです」

「焼き物だって、そもそも遊びみてえなもんだ。遊びの精神でいかに集中できるかが問題なんだ。とにかく、お前には何年か後、焼き物を絶対やってもらうから。そんでさ、こいつがいくつになったら立派な作品を作れるようになるかわからないけど、もし、そんな作品を発表できたら、このギャラリーで面倒みてやって欲しんだ」

「わかりました」

亀松さんが言った。

「世話になりませんよ。やりませんから」

「ちょっと黙ってろ、頑固者」

「はあ」

「じゃあ、飯食いに行くぞ」

繁松郎と繁太郎は連れ立ってギャラリーを出て、この前の鮨屋に向かった。繁太郎は店に着くなりゲソ焼きを頼んだ。瓶ビールがやってくると、繁松郎がコップを手にするなり、繁太郎が注いだ。

「おっ、気遣いを覚えたな」

「まあ」

「ところで、この前のお見合いどうだった」

「やっぱ枇杷は駄目でしたね」

「枇杷じゃないよ、亜沙子さんはどうだったか訊いてんの。実はお前、あの亜沙子さんを気に入ってたとか」

「そんなことはないです」

「率直にどう思った」

「綺麗な人でしたけど、それだけです」

「性格は？」

「自分と違って、いろいろと気配りのできる人のように見えましたけど、あれは外面《そとづら》で、実はたいして気配りなんてしない人ではないかと。自分勝手と言いますか」

「どうしてそう思った」

「喋ってるとき目が泳ぐんですよ。気を遣っているようなことを言ってるときに、目が泳いでました。あれは本心ではないです」

「何でそんな心理カウンセラーみたいなことできるの？」

「競技かるたをやっていたとき、対戦相手の目を見て、そのときの状況を判断していたからです。目が泳いでる相手は、だいたい、そのときの自分に嘘をついていて、自信の無さが表れていました。そんなときは攻めの試合をすれば、だいたい勝てます」

「かるたで人生を勉強してたのか」

「人生なんて勉強してません。しょせん、かるたですから」

「お前が亜沙子さんのことを気に入っていたら気の毒だと思ったけど、良かったよ。ありゃ相当面倒な女だよな」

「繁松爺さんも思いましたか」

「当たり前だろ、お前はかるたの世界を知ってるかもしれないけど、わしは、お前より女性の世界を見てきたんだから」

「そうですよね」

「亜沙子さんは、お前とお見合いした後、またすぐに別のお見合いをして、良い相手を見つけて婚約したらしいよ。商社の男らしいけど」

「良かったですね。その男の人、大変そうだけど」

ゲソ焼きを食べていると、和装の美しい女性が店に入ってきた。彼女は、銀座の老舗クラブ「ギャランコロン」のチーフママの蘭《らん》さんだった。本当は四四歳だが、三五歳とサバを読んでいる。だが実際に三五歳に見えるほど若々しい。

「しげまつろーさーん」

蘭さんは繁松郎の横に座った。

「こんばんは、こちらがいつもお話しされているお孫さんですか」

「そうだ繁太郎だ」

「こんばんは」

戸惑ったような顔をして繁太郎は挨拶した。

「こちら蘭さん」

「僕は、勝田繁松郎の孫、繁太郎です」

「銀座のギャラリーで働いてるんですよね。お爺様から聞いてます」

「はい」

「ギャラリー勤務ということは、相当アートが好きなんですね」

「いえ、アートには興味がありません」

「でも、ギャラリーで働いているんでしょ」

「単なるコネ入社ですから、そもそも、アートとかよくわからないんです。さらに祖父を見てると、よけいアートや芸術がわからなくなってきます」

「お爺様の作品は素晴らしいじゃないですか。うちのクラブにも、繁松郎さんから頂いた壺があるんですよ。店の入り口に置いてあってね、毎日それに花を活けてるんですよ」

繁松郎は気に入った女性がいると、その女性の名前のイニシャルに因《ちな》んだ壺を作ってプレゼントするのが恒例だった。

蘭さんのような銀座のクラブのママ、女子大生、編集者、女優、相手が同意をしてくれれば、作品のフォルムを探求すると言って、「先生」と繁松郎を慕ってくる女性達をホテルや旅館に呼んで裸にし、その身体をつぶさに観察するような変態的な悪趣味もあった。

その後、愛人になった女性も大勢いる。そして、なんだかわからない、瓢箪《ひょうたん》の崩れたような形の壺を作り、それぞれモデルになってくれた女性のイニシャルをつけていた。「Yの壺」だとか「Mの壺」などなど。「Rの壺」は蘭さんのお店にある。

このような祖父のことを常々胡散臭《うさんくさ》いと思っていた繁太郎は、蘭さんの言葉に返すように喋り出した。

「祖父の壺なんて、そもそも不可解なんですよ。元をただせば、ただの土です。そこに祖父の手が加わったからといって、何百万円とかの値段がつくのがおかしいんです。壺なんて、ただの容《い》れ物です。壺の中なんて空洞じゃないですか。その空洞部分にお金を払っているようなもんですよ」

「きついこと言うね」

「繁松郎さんの壺は素晴らしいですよ、花を活ければ、花が引き立ちますもん」

「花は壺なんかに入れられるより、本当は野原に咲いていたいと思うんです。ようするに、祖父の作った壺には、何を入れてもその素材を殺すことになるのです」

蘭さんは、孫の手厳しい言葉に呆気《あっけ》にとられていたが、当の繁松郎は、「こりゃ酷いこと言われちまったよ。でも、こういう奴なんだよ」と笑っていた。

蘭さんは、繁太郎の顔を怪訝そうに覗《のぞ》き込んだ。その視線に気づいた繁太郎は、「すみません、言いたい放題言ってしまって。でもこの前、ギャラリーに置いてあった美術雑誌をパラパラめくっていたら、祖父のインタビューが載っていて、読んだら、何を言ってるんだこの爺さんはと思ったんですよ。だから率直な意見を述べたくなってしまったんです」と言った。これに対しても、繁松郎は手を叩いて喜んだ。

寿司を食べ終わった後は、クラブ「ギャランコロン」に移動する流れになったが、このときも誘いを断ろうとした繁太郎は、蘭さんに「ここで帰ってしまうのは酷いですよ。お爺様に付き合ってあげなさいよ」と言われ、仕方なく行くことにした。

社交性が露ほどもない困った孫である。それをなんとかしたかった繁松郎は、以降、水曜日になると繁太郎を誘い出し、銀座で飯を一緒に食べるようになった。本当は、面倒なので行きたくはなかった繁太郎だったが、毎回繁松郎が迎えに来るので行かざるを得なかった。

繁太郎は子供の頃から家族や親戚達と話していると、いつも相手がやれやれといった雰囲気になるので、彼らの前ではあまり喋らなかった。けれども祖父は、自分が話していることを汲みとり、そこにユーモアを見出して笑ってくれるのだ。

例えば、レトルトカレーを常温で食べることについては、自分もやってみようと面白がってくれるし、繁太郎の向上心の無さについては、「お前は、世の中に呆れて、虚無になっているんだ。つまりお前は、ニヒルなのだ」などと訳のわからない肯定をしてくれるのだった。

二ヶ月間、週に一回、夕飯を食べに行っていると、繁太郎は、繁松郎と喋るのが楽しくなっているのに気づいた。

繁松郎はどうしても繁太郎に陶芸をやらせたかったので、常にそれとなく説得はしていたが、繁太郎は首を縦に振らなかった。

「自分がやっても仕方がないです。だいたい、芸術においてあとを継ぐって考えがおかしいですよ。繁松爺さんは、焼き物や陶器が好きで突き進んでいったのに、興味のない僕がしゃしゃり出るのもおこがましいです」

「じゃあ、興味を持てよ」

「持てる自信がありません」

「もしお前が、工房で作品を作りはじめたら、わしの財産をすべて譲る」

「そんなもんはいりません、もらっても困ります」

どうして繁松郎がここまで繁太郎に陶芸をやらせたかったのか。それは、自分が陶芸作品を発表する上で、もう次の段階へは進めないと感じていたからだった。しかし諦めきれない何かがあった。五〇歳を過ぎてから、焼き物に対する求道的な気持ちが失せて、自分の頭打ちが見え、焼き物でできる表現は「もう、ここまでだろう」という気持ちになってしまった。だが、自分の技術を繁太郎に教えれば、さらに自分の先に進んで何かを突き破ってくれると確信していた。それほど繁太郎が子供の頃に作った壺に可能性を感じていたのだ。

陶芸家、勝田繁松郎は、自分の作品作りは諦めているが、陶芸に対する気持ちの熱さは変わっていなかった。そして自分以上の作品を繁太郎に作って欲しいと願っている。

このような思いを孫に伝えて、真剣に説得し続けていると、さすがに繁太郎の気持ちも少しだけ動き、次に繁松郎が山に籠るときに檜原村の工房に行っても良いと言い出した。

この説得は毎回ギャランコロンで行われていた。

ギャランコロンに通い続けるうち、女性にも次第に慣れてきた繁太郎は、馴染みのミナミさんという女性ができた。いや馴染みというよりも、ミナミさんが繁太郎のことを気に入っているようでもあった。彼女には、抜け作と言われている繁太郎の、抜けた部分が朴訥《ぼくとつ》で素直な人間に見えるらしい。珍しい女性もいるものである。

ミナミさんは二五歳で、屈託なくて話しやすく、目が大きく愛嬌のある顔だが、ふとした瞬間に芯のある表情を見せる。二年前に地元の山形県から東京に出てきて、昼間は理学療法士の専門学校に通い、夜はギャランコロンで働いている。

彼女は子供の頃から祖母の肩揉《かたも》みをしていた。褒められるのが嬉《うれ》しく、そのうちに将来はマッサージ師になりたいと夢見ていた。高校を卒業してから仙台《せんだい》の短大に通い、その後、山形のホテルに就職したが、夢を捨てきれず、お金を貯めて東京の理学療法士の専門学校に入学した。

東京に出て来た当初、生活費を稼ぐため、給料が良くマッサージの練習にもなるという理由で、何も知らずに「アロママッサージ男性専科」という派遣型のアルバイトをはじめたが、これは最終的に手で性処理をしなくてはならず、三回出勤して辞めた。その後、ギャランコロンでアルバイトをはじめたのだった。

あるときギャランコロンで会話をしていると、マッサージをしているとき、相手が気持ち良さそうに息をもらしたときに、幸せを感じるとミナミさんが話した。

「ミナミさんは相手の気持ちがよくわかる菩薩《ぼさつ》のようなマッサージ師になるんじゃねえか」

繁松郎が調子の良いことを言った。

「菩薩って」

「店を開くなら、店名は『菩薩マッサージ』で決まりだね」

「嫌ですよ」

「どうして」

「だって、ちょっとエロいマッサージみたいじゃないですか」

「そこが良いんじゃねえの。なあ、繁太郎はどう思う？」

「良いと思えません」

繁松郎は納得いかない顔をしている。

「繁太郎さんはどんなことをしているときに幸せを感じますか」

ミナミさんが菩薩の話を打ち切るように訊いてきた。この質問は、お見合いのときに亜沙子にもされたことを思い出しながら、「僕は、茅ケ崎にある祖父の別荘の庭の東屋で、猫のダン之介とボーッとしているときが幸せです」と答えた。

「あずまや？」

「庭の池の横にある小さな小屋です。そこに猫といると落ち着いて幸せを感じます」

「猫かぁ、良いなあ。別荘の庭で猫と一緒に過ごすなんて、最高じゃないですか。わたし、実家では猫を三匹飼ってるんです。だから実家に帰ると、ずっと猫とたわむれてます。それにしても良いなあ、別荘ですか」

「わしはいつも山に籠っていたから、子供達には海の近くに家があれば良いと思って別荘を建てたんだ。おかげで、いまだに孫や家族が集まれる場所になっててね。繁太郎なんか、小学生の頃から一人で行ってたよな」

「勝田家の家族旅行があるときは、僕は一人で茅ヶ崎で過ごしてました」

「家族旅行が別荘ってわけじゃなくて？」

「はい。家族旅行に参加したくないので」

勝田家は、年に一度、すべての家族が集まって海外旅行をするのだった。その費用はもちろん繁松郎が全部出していた。

「家族サービスの一環でね。まあ、罪滅ぼしみたいなもんだよ。でも、繁太郎は偏屈者だから、そういうのにいっさい参加しないんだ。で、わしらがヨーロッパなんかを旅しているときに、こいつは一人で茅ヶ崎にいたんだ」

「小学生が一人で別荘にいたんですか」

蘭さんが訊いた。

「いえ、住み込みで、お手伝いさんの山本タカヨさんがいます」

「じゃあ、その方と二人で」

「はい。タカヨさんのごはんがものすごく美味しいんです。だから勝田家の皆が旅行に行ってる間は、毎日タカヨさんのごはんが食べられるので、それも幸せでした」

「そんなに美味しいんですか」と蘭さん。

「勝田家の皆は、タカヨさんのハンバーグが好きだと言っていますが、僕は、タカヨさんのタンシチューが世界で一番だと思ってます」

「あのタンシチューは最高だ。どんなレストランに行っても、あれ以上のタンシチューを食べたことはない」

繁松郎も褒めた。

「食べてみたいなあ。わたしベロが長いんで、タンが大好きなんですよ」

ミナミさんが羨しそうに言う。

「ベロが長いの関係あるの？」

「あると思いますよ。だってほら、こーんなに長いんです」

ミナミさんが舌を出した。舌の先が顎先に着きそうなくらい長い。舌を伸ばすと同時に、目玉が上を向いてしまっている。そのおかしな顔が愛らしく、同時にエロチックに感じた繁太郎は、気持ちがそわそわしてきた。

「すごい舌ですね」

「はい」

「そんな長けりゃ、やっぱりタンシチューの栄養が必要だ」

繁松郎が笑った。

「そうなんです。だからタンと聞いたら、いてもたってもいられなくなるんです」

「だったら繁太郎、お前はミナミちゃんのベロに栄養をつけさせるためにも、茅ヶ崎に連れて行って、タカヨさんのタンシチューを食べさせてあげなさい」

「繁太郎さん連れてってくださいよ。絶品タンシチュー食べたいです。ダン之介にも会いたいです」

「だったら、わたしも行きたーい」

蘭さんも加わった。

「じゃあ、皆で行こうか」

繁松郎が提案すると、蘭さんが、「行きましょう。すぐに決めましょう。こういうのはいまここで決めないと結局流れちゃうんです。さあ、いつにしましょう?」と促した。

「わしは明後日から、檜原村の工房に一ヶ月籠るから、山を降りてきてからが良いね。だから来月最初の土曜日なんてどうだ？」

「わかりました。スケジュールに書いておきます。ミナミちゃんもよ」

「はい」

繁太郎は、一人で浮かない顔をしている。

「あのですね、僕がミナミさんを茅ヶ崎に連れて行くのは構わないんです。でも、いったい僕とどういう関係だと説明すれば良いんですか」

「恋人で良いんじゃないの」

「はい、恋人ってことで良いですよ」とミナミさんが繁松郎の提案をすんなり受け入れた。

「恋人ですか」

繁太郎の顔が赤くなった。

「でも関係なんて、誰に説明しなくちゃなんないんだよ。タカヨさんか」

「いえ、母や姉に、『誰と茅ヶ崎行くの？』と訊かれると思うんです。そのとき繁松爺さんと銀座のホステスさんって答えて良いのかと思って」

「それはマズイな」

「さらに、僕が恋人と行くと答えたら、うちの母や姉は必ず会いたいと言ってきます」

「繁太郎さんマザコンですか」と蘭さん。

「こいつ、とんでもないマザコンだよ」と繁松郎。

「確かにマザコンかもしれませんが、母や姉がやたら知りたがるんですよ。そういうの」

「それは、お前がいままで女っ気がなかったからだろ。でも、アイツらのことだから、本当に会いに来るかもしれないな。それは、ちょっと面倒だ」

「どうして面倒なの？」

蘭さんが不思議そうに訊く。

「いろいろうるさいんだよ。蘭さんのことを説明するのも面倒だし」

「わたし、そんなに面倒な女ですか」

蘭さんが繁松郎の目を覗き込んだ。

「いやいや、そうじゃないんだ。アイツらが面倒なんだ。爺さんが銀座のホステスを連れてきたなんてバレたら、いろいろ言われそうで」

「でも行ってみたいなぁ」

「じゃあアレだ、わしと蘭さんは、昼は茅ヶ崎行ってタカヨさんのタンシチューを食べてから、箱根《はこね》に行こう。でもって繁太郎達は、そのまま別荘にいれば良いんじゃねえの。そしたら、夜はアイツらが来たとしても大丈夫だろう」

「箱根良いですね」と蘭さんがはしゃぐ。

「でな、繁太郎、お前は馬鹿正直に話すところがあるけれど、わしと蘭さんのことは話すんじゃないぞ。タカヨさんにはわしから話しておくから」

「わかりましたけど……」

「わしは一ヶ月の山籠りから戻ってきて、蘭さんとの箱根行きはご褒美なんだから。そこらへん、お前は重々承知してくれよ」

真剣な顔をして言う祖父であったが、向き直って蘭さんを見つめると両手を握り、「ご褒美だよねえ〜」と甘えてみせるのが、繁太郎にはどうにも気味が悪かった。

「ねえ〜」

蘭さんも慣れているのか、それに合わせた。

このようにして四人の茅ヶ崎行きが決まったが、その前に繁太郎は、檜原村を訪ねることになっていた。繁松郎はこの機会を逃さず、必ず繁太郎を陶芸の世界に導こうと思っていた。

繁松郎は半年ぶりに檜原村の工房、秘露庵《ひっろあん》にやってきた。すでに八三歳なので、長い移動はさすがに堪えるが、それでも足腰はいまだに強く、バスを降りてからしっかりした足取りで工房にのびる坂をのぼっていった。

秘露庵は一階が工房で二階が居住スペースになっている。入り口に置いてある狸《たぬき》の置物を傾けて、下から中に手を突っ込むと、ちょうど金玉袋のところに鍵が隠してある。

扉を開けて中に入り、二階の居住スペースに上がって、リュックを下ろし窓を全開にした。ここで一ヶ月間生活をすることになる。

東京の家を出るとき、繁松郎は地下足袋を履き、大きなリュックを背負って家を出た。これは、山の工房に向かうときのいつものスタイルだった。

地下足袋を履いてアスファルトの都会を歩き、行き交う人々から珍しそうな顔で見られると、いまから自分は俗世間を離れるといった気持ちになれる。車を出しましょうかと申し出てくれる人もいるが、それは断り、いつも一人で電車とバスを乗り継いで行くのだった。

居住スペースの空気が入れ替わると繁松郎は外に出て、滞在していない間に秘露庵を管理してくれている、二瓶次郎《にへいじろう》さんの家へ向かった。

二瓶さんは繁松郎と同い年で、秘露庵からは歩いて三〇〇メートルのところに住んでいる。大きな屋根の木造建築は築八〇年になる立派な家で、呼び鈴を鳴らすと奥さんが出てきた。七五歳の奥さんは東京都日野《ひの》市の農家の娘で、二〇歳の頃、檜原村の二瓶さんの家に嫁いできた。

「お久しぶりです、繁松郎さん。今日からこっちですね」

「はい。相変わらず元気そうで。はいこれ、羊羹《ようかん》」

繁松郎は、とらやの羊羹を奥さんに渡した。

「ありがとうございます。いつもすみませんね。同じ東京都でも、こんな洒落たものはここじゃ食べられないからね」

昔から繁松郎はここに来るときは、とらやの羊羹を持って二瓶さんのところに行った。

「中へ入ってください。旦那は、もうそろそろ戻ってくると思うんで」

「そこの縁台で待ちます」

二瓶さんの庭の縁台は展望が良く、奥多摩の山々が連なって見える。

奥さんが、お茶ととらやの羊羹を切って皿に盛ってきた。

「おもたせで申し訳ないけど」

「ありがとうございます」

お茶を飲んだ繁松郎は、「お茶は二瓶さんところの濃いお茶が一番美味いね。そんで、これがまた、とらやの羊羹に合うんだな」と言った。

「ただのお茶ですよ」

「いやいや、とらやに教えてやりたいね、ここのお茶が一番合うって」

しばらくすると軽トラックのエンジン音が聞こえてきて、農作業を終えた二瓶さんが泥だらけになって戻ってきた。髪の毛はなくなりスキンヘッドで、背は一五〇センチと低いが、毎日斜面の畑で作業をしているから、もの凄い筋肉質なのだった。

「よう、相変わらずか」と二瓶さんが白い歯を見せる。

「相変わらずだよ」

「くたばる気もねえか」

「そっちもだろ」

「ああ、こっちもだ」

「繁松郎さん、今晩、猪鍋やるけど、食べに来ます？」

奥さんが訊いてきた。

「良いですね。御馳走《ごちそう》になります」

繁松郎は一旦、秘露庵に戻ってから、夜は二瓶さんの家に行き、猪鍋をご馳走になった。

翌朝、六時に起きてコーヒーを淹れ、菓子パンを食べてから午前中いっぱいは工房の掃除をして庭の雑草を抜いていると、すぐに昼になり、二瓶さんが弁当を持ってきてくれた。

ここに来ると普段は、朝飯と夕飯は自分で作る。食材は週に一回、二瓶さんが町のスーパーに行くとき、一緒に連れて行ってもらって購入する。昼飯は二瓶さんが、奥さんが作ってくれた弁当を持ってきてくれる。

その日の弁当は、山菜の天ぷらやキノコのおひたし、フキの煮物など、地元で採れる山の幸がふんだんに入っていた。

秘露庵の外のベンチに座り、二人でこの弁当を食べるのがいつもの習慣だった。繁松郎は、まずフキの煮物を口に入れ、ゆっくり噛みしめて食べ、「ああ、これだ。二瓶さんの奥さんのフキの煮物は、やっぱり最高だ」と顔をほころばせた。

「あんたは毎回それを言うね」

「どんな高級な店で食べても、これにはかなわないよ」

「俺は高級な店なんて行ったことねえから、これしか知らねえ」

「今度連れてってやるよ」

「行きたくねえよ。んでよ、窯に火を入れるのはいつにすんだ?」

「今回は孫が来るんだ。だから孫が来てから火を入れようと思ってるんで、二週間後くらいかな」

窯に火を入れるときは、二瓶さんには薪を用意してもらったり、火の番を一緒にしてもらったりといつも手伝ってもらっていた。

「孫は、あんたがよく話してる長男の息子か」

「ああ、鈍臭くて出来が悪いんだけどよ、人間は悪くねえんだ」

「そうかい」

「わしは、あいつにはこの工房を引き継いでほしいと思ってんだけどね」

繁太郎がやってくることを、繁松郎はことのほか楽しみにしていた。

「いまいくつなんだい？」

「二五、六歳だったかな」

「じゃあ、あんたがここに来たときと同じくらいだね」

「そうだな」

「しかし、あんたと出会って、もう六〇年近くになるのか」

二瓶さんが煙草に火をつけ、食後の一服をしながら言った。

「早いもんだよ」

「ここへ来たとき、あんたはまだ若造だったもんな」

「二瓶さんも同じじゃねえか」

「あの頃と比べりゃ、そりゃあ、お互い体にもガタが来るわな」

煙草の煙が奥多摩の青空に流れていった。

勝田繁松郎は一九三七年五月、南米はペルーのリマで、無田口三法流の道場を開いていた勝田繁八郎と桜子の次男として生まれた。

そこから戦争を挟んで日本に行き、戦後はふたたびペルーに戻り、幼少期はリマで何不自由なく育つ。

兄の繁竹郎は聡明《そうめい》で賢く、母の希望により、中学からは日本の私立校に通った。弟の繁松郎も一緒に日本で生活することになり、兄と同じ私立中学校に入学するが、素行が悪くて一年で退学させられ、近所の公立中学校に通った。高校は都内の私立男子高校に入学する。無田口三法流の稽古は毎日欠かさず行っていたため、すこぶる健康で、街に出ては喧嘩《けんか》ばかりしていた。

このままでは極道者にでもなってしまうと心配した繁八郎は、ペルーに戻るときに繁松郎を連れて行き、一年間リマで過ごした。このとき、繁松郎は遺跡をめぐり、博物館にも通い出す。特にチャンカイ文明に興味を持ち、焼き物や布の独特なデザインや色使いの虜《とりこ》になり、自分も同じような焼き物を作りたいと思いはじめ、芸大を目指す。

ペルーから戻った繁松郎は高校に復学すると、目的を持ったことにより素行の悪さも治まり、卒業後は一年間浪人して芸大の工芸科に入学した。谷中《やなか》で一人暮らしをしながら、夜は上野《うえの》の街で飲んだくれ、上野公園で男娼《だんしょう》や娼婦のボディーガードのようなことをして、ずいぶんデカダンな生活を送っていた。

大学三年生の頃、一年間休学してふたたびペルーに渡り、遺跡調査などを手伝いながら、オートバイで南米各地を旅する。

　このとき、アマゾンのあるアマソナス州の田舎道をバイクで走っていると、突然ジャガーに遭遇して追いかけられ、ハンドル操作を誤って谷に落ちた。谷の底は川で、オートバイとともに五〇〇メートルくらい流されて、川沿いの村人に助けられた。

　最初は意識が混濁していたが、村のシャーマン、ミルトンさんの家で一週間世話になって回復し、その後も二ヶ月間村に滞在した。このとき、ミルトンさんから忠告を受ける。

「あんたは、動物に襲われる運命にある。なぜなら人間以外の動物に恨まれているからだ」

「どうして?」

「あんたは、本来は人間ではなく野生動物として生まれてくるはずだった。しかし、間違えて人間になってしまった。だから裏切り者として恨まれているのだ」

　シャーマンの言葉はゆるぎないものだったが、当時は「勝手に恨まれても、困っちまうよ」と気にもとめなかった。

　しかし思い返せば、子供の頃から、リマの野良犬に噛《か》みつかれて狂犬病の疑いをかけられたり、自転車に乗っていたら牛に激突されたり、ペルーの田舎でリャマに背中を噛まれたりしたこともあった。

　大人になってからも、檜原村の工房では毎日のように猿に食材を盗まれ、カラスが頭にとまったときは直後にバイクに衝突された。動物園のゴリラに糞《ふん》を投げられたことや、競馬に行ってパドックを眺めていたら、目があった馬が突然、繁松郎に向かって走り込んで暴れ出し、その馬が出場停止になったこともある。このように繁松郎の人生は、動物に関する珍事がやたら多かった。

シャーマンに言われた「人間ではなく野生動物として生まれてくるはずだった」という言葉を最近も思い出した繁松郎であったが、それは、八〇歳を超えても自分が動物並みの性豪だという意味だったのかと、解釈していた。

日本に戻って復学し、芸大を卒業すると、繁松郎は自分の工房を作るべく、資金を稼ぐために建築関係の職に就く。時代は東京オリンピック前の好景気で、現場の仕事はいくらでもあり、二年間みっちり働いて七〇〇万を貯めて檜原村に土地を買い、工房と窯を自分で作った。ここから焼き物の試行錯誤がはじまる。

秘露庵という名前の由来は、ペルーを漢字で書くと「秘」に「露」で、秘露《ペルー》になること、さらに檜原村がペルーの山にあるような村にどこか似ているため、ちょうど良い命名だと思ったからだった。だが「ペルー庵」だと、どうもしっくりこなくて「ひつろ庵」にしたのだ。

当時二七歳だった繁松郎は、ここで俗世間と離れて生きる決意をし、都会に出ることはほとんどなくなり、七年間、愚直に土と窯の火と向き合って過ごした。焼き物は、ペルーで見てきたものに大きく影響されていたが、なんとか自分のものにしたいと突き詰めて、三四歳のとき、ようやく納得のいく作品ができあがる。これが「天明群青咲麻呂戯」なのだ。

繁松郎はこの壺を持って銀座のギャラリーをめぐり、「KAMEMATSU《亀松》」と契約を結んだ。以降、手厳しい評論家達にも作品が気に入られ、とんとん拍子で売れはじめる。三四歳、陶芸家として身を立てはじめると、政治家、松本淳三郎《まつもとじゅんざぶろう》の娘、恵《めぐみ》と結婚し、繁吉郎、珠子《たまこ》、美紗子《みさこ》の一男二女をもうける。その後は、勢いに任せて茅ヶ崎に別荘も建てた。

家庭ができた繁松郎であったが、一年のほとんどは檜原村で制作をしていたので、焼き物への求道的な気持ちに変化はなかった。

この頃から、絵付けの作品も作りはじめる。それは、ペルーで信仰されているジャガー、蛇、コンドルなどをモチーフにした作品でもあった。

またペルーでは、アヤワスカという幻覚性植物の摂取によって見たものを模様にする文化があり、繁松郎はそれに倣おうと、檜原村の山の中を歩きまわり、ベニテングタケや笑い茸《たけ》などを探し、食して模様を作った。

笑い茸を食したときは、笑いながら何枚も皿に絵付けをして、三〇〇枚描いたときには気が狂いそうになり、気絶して、工房で二日間ぶっ倒れていた。

ベニテングタケを食したときは単に下痢をしただけだったが、糞《くそ》を漏らしたふんどしのシミを見て模様を作ったこともあった。当時は、制作に没頭するあまり、狂気に走っていたことすらあったのだ。

その後も狂気すれすれのところで作品を作り続けたが、五〇歳になると、突然、憑《つ》き物が落ちたかのように、山を降りて放蕩三昧の生活をはじめる。だが年に二回は、一ヶ月間、秘露庵に籠って制作をしていた。

工房に来てから九日目の朝六時、繁松郎はトースト、ヨーグルト、バナナを食べ、紅茶を飲みながら、昨晩のことを思い出し日記を書いていた。

彼は、秘露庵にいるときは必ず日記をつけている。日々のこと、食べたもの、見た夢、思ったこと、他にも創作アイデアや、焼き物の色の出し方、窯の温度調整など細かなことまで記されていて、日記の範疇《はんちゅう》を超えた作業ノートも兼ねていた。

日記を書き終えると、ポータブルラジオを持って外に出る。六時半、NHKラジオから流れるラジオ体操をみっちりやってから、工房の近くに入り口のある山道を歩くのが日課で、戻ってきてから工房で制作をはじめる。

ラジオ体操で体をほぐした繁松郎は、ナップサックにペットボトルの水を入れ、「最近やたら熊が出没する」と二瓶さんが言うので、熊除けの鈴を腰にぶら下げて、山道の入り口に立った。

ここから見晴らし台まで歩いて戻ってくると一時間かかる。その間にアイデアを捻り出したり、整理したりする。

繁松郎は、昨日、二瓶さんにもらったリンゴを齧《かじ》りながら山道を歩きはじめた。少し歩くと霧が出てきたが、朝のひんやりした空気が気持ち良く、頭がどんどん冴《さ》えていくようだ。

若い頃にペルーを旅していたとき、アマゾン川沿いの村で、朝の霧の中マンゴーを食べながら歩いていると、目の前に猿が現れて、「川はどっちだ？」と尋ねられ、「あっちだ」と教えると猿が、「グラシアス」と礼を言って去っていったことを思い出した。

そのときは前日、村の男に強烈な幻覚作用のある飲み物を飲まされ、朦朧《もうろう》状態、譫妄《せんもう》状態になり、金を奪われ、気づいたら道端で寝ていて、手にはマンゴーの実を握っていた。なんとか立ち上がり、マンゴーを食べながら歩いたとき、猿が道を尋ねてきたのだ。

単なる幻覚だったのかもしれないが、繁松郎の中では、現実の出来事として刻まれている記憶だった。

どうして、そのことを思い出したのかと言えば、そのときの霧の濃さと気温が、いま歩いている山道と似ているような気がしたからだった。

昼になると、二瓶さんが農作業を中断して、奥さんが作ってくれた弁当を持って秘露庵にやってきた。

「おーい、弁当の時間だぞ」

普段なら「はいよ」と言って、麦茶をコップに入れて繁松郎が工房から出てくるのだが、返事がなかった。

工房の窓を覗いたが、繁松郎の姿が見当たらない。

二瓶さんは、バスで町に出たのかもしれないと思ったが、村のバス停に行くには畑の前から乗ることになるので、農作業中なら必ず気づくはずだ。

「どうしちまったんだかな、おーい、繁松郎さーん」

もう一度大きな声で呼んでみた。そのとき、思うことがあり、繁松郎が毎朝歩いている山道に向かった。

「おーい、しげまっつあーん！」

声をかけながら山道を進んでいった。三〇分くらい歩き、見晴らし台に辿《たど》り着きそうなところで、地面に滑ったような靴の跡があった。その場所は一段と道が細くなっている。嫌な予感がした。

斜面の下を覗くと、繁松郎が転がっていた。地面には熊のものらしき足跡もあった。二瓶さんは急いで斜面を降りていった。

斜面を降りて倒れた繁松郎を確認すると、頭から血を流していた。上を見ると斜面に大きな岩が飛び出していた。

二瓶さんは、繁松郎を揺すったり叩いたりしたが、反応がなかった。

繁松郎は山道を歩いている最中に熊と遭遇し、その場を離れようと後退《あとずさ》りしたとき足を踏み外し、斜面を転げ落ちて、飛び出た岩に頭を打ったのだ。

繁松郎は絶命していた。

直接の死因は、岩に頭を打ったときの外傷によるものだったが、命が途切れる瞬間、かつてペルーのシャーマンに、「あんたは、動物に襲われる運命にある。なぜなら人間以外の動物に恨まれているからだ」と言われたことを、繁松郎は思い出していたのかもしれない。

繁松郎の葬儀は青山《あおやま》斎場で行われ、たくさんの著名人がやってきた。もちろん銀座のクラブ関係者も多く、ギャランコロンの蘭さんとミナミさんもやってきた。

喪主は長男の繁吉郎だったが、彼はペルーのチャチャポヤス文明のことしか頭になく世間擦れしており、まったく役に立たなかったため、実質は妻のよし子が葬儀を取り仕切った。これによって勝田家の権限は、一気によし子に傾いた。そのことを懸念して繁吉郎の妹二人がしゃしゃり出てきた。なぜなら繁松郎には莫大《ばくだい》な財産があり、相続の事情があったからだ。

繁松郎は、繁太郎に陶芸をやらせて後継者にさせたがっていた。本来なら、檜原村の秘露庵でさらなる説得をするつもりだったが、その直前に死んでしまった。しかし秘露庵のことは生前から弁護士に、「繁太郎に譲る」と繁松郎が伝えていたので、繁太郎が相続することに決まった。だが相続した本人は、まったく乗り気でなかった。

その他の土地や財産などをどう分配するかは、よし子が主導して弁護士と話し合った。

繁太郎の実家の隣にある祖父の家、といっても繁松郎はほとんど家に帰らずホテル暮らしをしていたが、ここは長男の繁吉郎が相続し、繁吉郎の娘、つまり繁太郎の姉、みよ子の家族が引っ越してくることになった。繁松郎の作品や、北沢のマンション、別荘、他の財産の分配は揉めに揉めていて、繁吉郎の妹二人とよし子が、弁護士を交えて話し合いを続けていた。

繁松郎の葬儀から八日後に、繁太郎は仕事に復帰した。しかし繁松郎がいなくなったことで、オーナーの亀松さんや他の社員の態度があきらかに変わっていた。

復帰から三日目、繁太郎は、ギャラリーに所属する写真家の展示を手伝っているときに、ネガをゴミ箱に捨ててしまうミスをやらかした。またその翌日、ニューヨークからやってきたアーティストの展示会場でパーティーが開かれたときは、居眠りをして手に持っていたワインをこぼし、危うく作品にかかりそうになった。

まわりの社員からも、「お前、ほんと使えねえ」「繁太郎さん、頭回転してるんですか」などと、あからさまに嫌味を言われた。

仕事に復帰して五日目、昼休みに亀松さんが「話がある」と繁太郎を応接室に呼び出した。

「今日は水曜日だろ、以前なら繁松郎さんがやってきて、君と食事に行ってたよね」

「はい」

「やはり繁松郎さんは、孫の君が本当に可愛かったんだろう。水曜日はやたら嬉しそうでね。繁松郎さんは、自分の作品の売買に関してはシビアなところもあったけど、水曜日に頼み事や面倒な話をすると、だいたい話が進んでね。とにかく君がいたから良かったんだ。だから、君には本当に感謝してる」

「いやあ」

「でも、いまとなっては、君がここにいる意味はあるのかな」

「意味ですか」

「そう。君がここにいる意味、我々にとっても、君にとっても、あるのかね」

「どうなんでしょう」

「君は、どうしてこのギャラリーで働いてるの」

「どうしてと言われても……」

「答えられないようでは、こっちも困ってしまうんだ」

「はい」

「はっきり言わせてもらえば、君がここで働いている意味は、もうないんだ。ミスも多いし、他の社員も君にはちょっと呆れているんだ」

「つまり、僕がいると迷惑なだけということですね」

「そうなんだ。君がここにいるのは、いまとなっては迷惑でしかないんだ。だから、ちょっとそこらへん考えてくれないかね」

「わかりました」

　これは、会社を辞めろと言われたのも同じである。うつけものの繁太郎も、ここまで言われてしまったら、辞表を出すしかないと思った。

　しかし、その日の夕方、繁太郎にしかできない仕事がまわってきた。亀松さんは「いまとなっては迷惑でしかないんだ」と言ってしまった手前、頼みづらかったようだが、退社前、ふたたび繁太郎を応接室に呼んだ。仕事は、祖父の作品を購入者に運ぶというものだった。

　京都の松田勲《まつだいさお》という呉服屋の大金持ちが、繁松郎の初期の作品、「天明群青墨麻呂戯《てんみょうぐんじょうすみまろげ》」

をギャラリーから購入した。

「天明群青墨麻呂戯」は、高さ三〇センチの真っ黒な壺で、最初期の「天明群青咲麻呂《てんみょうぐんじょうさきまろ》戯《げ》」に続く作品だった。

他にも「天明群青鹿麻呂戯《てんみょうぐんじょうしかまろげ》」「天明群青猪麻呂戯《てんみょうぐんじょういのししまろげ》」「天明群青蝶麻呂戯《てんみょうぐんじょうちょうまろげ》」「天明群《てんみょうぐん》青蟬麻呂戯《じょうせみまろげ》」などがあり、「天明群青咲麻呂戯」は国立の美術館にあって、一般に「麻呂戯シリーズ」と呼ばれているこれらの壺は大変な高値がついている。

松田の購入した「天明群青墨麻呂戯」は一〇〇〇万円もする代物だ。

金持ちの性質なのか、松田は付加価値を重んじ、それをありがたがる人間だったので、作者の孫が壺を運んでくれるというのは、大変価値のあることであった。繁太郎が作品を運んできてくれた晩は、彼を祇園《ぎおん》に連れて行き歓待するので、壺は是非、繁太郎に運んできて欲しいという。さすがに亀松さんも断ることができず、辞表を出そうとしていた繁太郎は、三日後に京都へ壺を持参することになった。

当日の朝、繁太郎はギャラリーに行き、厳重に梱包され箱に入れられて風呂敷に包まれた壺を渡されると、タクシーで東京駅に行き、シウマイ弁当を買って、新幹線に乗り込んだ。高価なものを運ぶからと、会社はグリーン車を用意してくれた。

壺は荷物棚には載せずに足元に置き、両足で挟んだ。

「これで京都まで安心だ」

繁太郎はシウマイ弁当を開けた。新幹線に乗るときはこれに決めている。発車する前からあたりにシウマイの匂いをまき散らしながら、新横浜《しんよこはま》を過ぎた頃には食べ終わり、しばらくして眠り出した。

目を覚ますと新幹線は駅に停まっていた。乗降口に向かって人が流れている。窓の外を見るとそこは京都駅で、繁太郎は慌ててホームに出た。

ホームに降り立った繁太郎の背後で新幹線のドアが閉まった。乗り過ごさなかったことに安心したが、ここで自分が手ぶらなのに気づいた。

のんきな繁太郎も、これには焦った。走って駅の事務所に行き、新幹線の中に忘れ物をしたことを告げ、ポケットに入っていた切符を見せて、座席を確認してもらう。

しばらくすると乗務員から、「忘れ物が見つかりました」という連絡があり、忘れ物を新《しん》神戸《こうべ》駅で降ろしてもらうことになった繁太郎は、新幹線の切符を自腹で買って受け取りに行った。新神戸駅の事務所で壺を受け取ると、とんぼ返りで京都へ向かった。

約束の時間には既に遅れてしまっている。途中で松田には連絡を入れ、馬鹿正直に新幹線に壺を置き忘れたことを伝えた。

もしギャラリーで働く者が同じ粗相をしたとしても、決して新幹線に置き忘れたとは伝えないだろう。ギャラリーの信頼が一気に落ちてしまうからだ。

だが繁太郎には、そのような観念がまったくない。社会から自分がどのように見られているかを気にしていないし、興味もない。嘘がつけない馬鹿正直者であり、それは同時に気遣いができないということでもあった。

京都駅に戻ってきた繁太郎は、急いでタクシー乗り場へ向かった。しかし今度は、タクシーに乗り込む際に壺の入った箱を地面に落としてしまった。

本来なら、大切な箱を先に後部座席に置いてから、自分が乗り込むべきだったが、繁太郎は、まず自分が乗り込んでから箱を中に入れようとした。そのときドアに荷物が引っかかって、地面に落としてしまったのだった。

だが厳重に梱包をしているので中身は大丈夫だろうと、落ちた箱を拾い上げた。

北白川《きたしらかわ》の松田勲の家には、約束した時間より二時間遅れて到着した。

「本当にすみませんでした」

松田に対面した繁太郎は、深々と頭を下げた。

「これはこれは災難でした」と余裕のある口調とは裏腹に、松田の腸《はらわた》は煮えくり返っていた。心の中では、「このうすら馬鹿」と毒づいていて怒り心頭だ。

磨き抜かれた廊下を歩いて、庭の見える居間に通された。ソファーに座ると、温かいお茶と花をかたどった練り切り菓子が出てきた。

動きまわって腹が減った繁太郎は、遠慮もなしに、「いただきます」と言って、菓子を手に取った。

座るなり菓子をつまむ繁太郎を見て、こいつは品性の欠けた馬鹿なのかと思った松田であったが、それでも余裕の笑顔を作っていた。

「では、拝見させていただきましょう」

それにしても、いくら作者の孫だからといって、作品を新幹線に置き忘れるなんて絞め殺しても良いくらいだと思っていたが、そこは生粋《きっすい》の京都人である。心のうちは微塵も表に出さず、ゆっくりとした動作で紫の風呂敷を解くと、エアーパッキンに包まれた桐《きり》の箱が出てきた。エアーパッキンにハサミを入れて、桐の箱の蓋を開ける。その中から、さらにエアーパッキンに包まれた壺を取り出し、慎重にハサミを入れて、エアーパッキンを切っていく。出てきた壺は和紙に包まれていて、指でゆっくりともったいぶるように外していく。最後に包まれていた白い布を外すと、黒光りする「天明群青墨麻呂戯」が出てきた。

「おお」

松田はため息をついた。

「素晴らしい。この重厚な色合い、無骨な形は自然の荒々しさを表現しているのでしょう。

恐るべし、天明群青墨麻呂戯です」

「そうですか」

「私は、あと何年生きられるのかわかりませんが、繁松郎さんの麻呂戯シリーズを集めるのが、この先の人生の夢でもあります」

「はあ」

「いやあ、素晴らしい」

松田は天明群青墨麻呂戯を手にとって、底を見ようとした。その瞬間、壺が真っ二つに割れた。

松田は絶句した。

一方で繁太郎は、「やっぱり」とつぶやき、残りの練り切りを口の中に放り込んだ。

「……どういうことですか」

松田の表情は、今にも泣き出しそうだった。

「実は先ほどタクシーに乗るとき、箱を落としてしまったんです」

「は？」

「すみません」

繁太郎が頭を下げた。

顔面蒼白《そうはく》になった松田の顔が、今度はどんどん赤くなっていく。目が充血して、手が震え、息が荒くなっていた。

誰よりも美しき芸術を愛すると自負している松田である。その彼の前で、国宝級の壺が割れてしまったのだ。

松田はいまにも卒倒しそうで、涙すら流している。

繁太郎はすまなそうな顔はしているものの、松田の顔を覗き込み、この人はどうなってしまっているのだろうかと思っていた。

そもそも、祖父が作ったものにとんでもない高価な値段がついているのがおかしいのだ。さらに、壺が割れただけで、涙を流している松田も間抜けにしか思えなかった。

しかしこの状況だ、何をしても収拾がつかない。その日、繁太郎は祇園に連れて行ってもらう予定であったが、当然それはなくなり、割れた壺を箱に戻して、東京に持ち帰った。

翌日、亀松さんが京都に向かい、松田へ直接謝りに行った。繁太郎がついてくると、さらに事を大きくしそうなので東京に残し、一人で行ったのだ。しかし松田の怒りは到底収まらない。亀松さんも、ギャラリーの社員達も怒り心頭だった。

京都人として、あれだけ冷静に振る舞っていた松田であったが、すでに感情が抑えきれなくなっていた。亀松さんを前にすると、唾を飛ばしながら、「世が世なら、あいつの首をはねてるぞ」などとわめいている。

松田からの信頼を失ってしまうことは、他の優良な顧客にも影響を及ぼし、ギャラリーは信頼を失って大打撃だ。

そこで事態を収拾するために出てきたのが、繁太郎の母、よし子であった。

よし子は繁松郎の葬式以降、勝田家の実権を握っていた。まずは息子の責任をとるため、家にあった祖父の壺、「天明群青槍麻羅仁《てんみょうぐんじょうやりまらに》」を無料で松田に譲った。この壺は、実家の二階の便所に無造作に置いてあったが、繁松郎にとっては失敗作で、他の麻呂戯シリーズには及ばない作品のため世には出していなかった。これが逆に好都合だった。よし子は、美術品を運ぶ宅配便を使って早速京都に送った。

松田の怒りはひとまず収まった。それよりも、無料で勝田繁松郎の作品をもらえたので、大いに喜んだ。つまり松田という男、元を正せばケチなのである。もちろん便所に置いてあったことは伏せておいた。

繁太郎は会社からクビを宣告された。さらに、作品の賠償金として、これも家にあった「Bの壺」と「天明群青槍麻呂戯《てんみょうぐんじょうやりまろげ》」をよし子がギャラリーに提供した。

松田に譲ったものとギャラリーに譲ったものを換算すると、総額で八〇〇万円になった。

そもそも一〇〇〇万円で松田に売る作品であったから、賠償金としては安くついたかもしれない。また壊れた作品は、割れた部分を直してつなげても二〇〇〇万円の価値はあるとされ、ギャラリーは修繕に出した。

繁太郎の間抜け極まりない粗相は、よし子の裁量によって現金を支払うことなく解決することはできたが、勝田家の親族からはおおいに怒りを買った。親族間は相続問題で揉めている最中だったこともあり、勝田家の財産を損なったうつけものとして、いくら身内だからといっても見逃すわけにはいかないという話になり、繁太郎本人に損害金を支払わせることになった。本来なら一〇〇〇万円を支払わせるところだが、恩情でディスカウントしてもらい六〇〇〇万円に落ち着いた。それをすぐによし子が立て替えようとすると、姉のみよ子が断固阻止した。

「お母さん何やってんの！　そんなことしたら、あの馬鹿をさらに馬鹿にするだけなんだよ。ここはしっかり繁太郎に払わせなきゃいけないよ」

繁太郎は誓約書を書かされ、一〇年間にわたって毎月五万円を支払うことになった。

会社をクビになり、借金を抱えた繁太郎だが、仕事もなくなったことだし、しばらく実家でダラダラして過ごそうと思っていた。しかし隣の元祖父の家に最近引っ越してきたみよ子から毎晩、「あんたが不幸を運んでくる」「疫病神め」「甘えん坊の悪魔野郎」「ちゃんと金を返せ！」などと文句を言われ続けた。

みよ子はだいたいワインを飲んで酔っ払っていたが、出来の悪い弟のことが昔からもどかしかったので、ここぞとばかりに文句を言ってきた。さらに深酒しながらのくだをまくような説教となり、明け方まで続くこともあった。

さすがの繁太郎もこれには辟易し、逃げるように実家を出て、しばらく茅ヶ崎の別荘で生活することにした。

茅ヶ崎では午前中、自転車で近所をウロウロしてから、スーパーに行ってタカヨさんに頼まれた買い物をして、昼飯を食べた後は猫のダン之介と遊び、東屋でボケっとして、夕飯を食べたら近所を散歩して寝てしまうといったダラけた日々を一週間送っていたが、週末にみよ子の家族が別荘に遊びに来ることになった。

繁太郎は、みよ子に会いたくなかったので、その日は朝から自転車を乗りまわしていたが、いい加減疲れて戻ってくるとちょうど夕飯の時間で、みよ子、その旦那、子供二人が食卓を囲んでいた。

食事はタカヨさんの得意料理の一つ、ミートローフだった。

繁太郎は、こっそり二階の部屋に戻ろうとしたが、みよ子に見つかり食事を共にすることになった。

和気藹々《わきあいあい》と食事が進んでいたが、次第にみよ子が繁太郎の駄目さ加減について話題を持ち出してきて、「あんた、いつまでプラプラしてる気なのよ。壺のお金返さなきゃいけないんだからね！　甘えてんじゃないわよ。あんたなんてね、人間として失格なのよ。何のために生きてるの？」と赤ワインで酔っ払いながら絡みはじめた。

壺のお金うんぬんと言われても、あんなものが高価な値段をつけているのがおかしいと繁太郎は思っていた。だが反論すると確実に激昂《げっこう》されるので黙っていた。

「あなたは勝田家を継ぐ役目があるのよ。それなのに、このでくの坊ぶりには参ったよ。恥よ、勝田家の恥」

責められる繁太郎に、みよ子の旦那、恭一《きょういち》が助け舟を出した。

「あのさ、繁太郎君にとっては、勝田家を継ぐとかそういうのは単に重荷でしかないんじゃないの」

彼はフリーランスのコピーライターで、スーパーや地方にあるデパートの広告代理の仕事をしている。だが最近は仕事があまりなくて、大学病院で働く妻の方が稼ぎがあるため、みよ子の尻に敷かれっぱなしなのだ。また恭一は、でくの坊の繁太郎を押しのけて、自分が勝田家を継ぐ存在だと心中では思っている。仕事は出来ないくせにプライドが高く、実は、繁太郎よりもしまつにおけない男だった。

「繁太郎君は、そんなのに囚《とら》われたくないんでしょ」

「別に囚われてはいないですけど」

「自由にやりたいわけだよね」

「そういうことになるんですかね」

「俺も自由にやりたいタイプだからさ、気持ちわかるよ」

「ちょっと、あなたが自由なんて言ってられるわけ？　たいして仕事もしてないくせに、ずいぶん偉そうなこと言うじゃない」

「そんなことないよ。俺は会社に囚われたくないから、フリーランスでやってるんだ。そのぶん家の仕事だってやってるじゃないか、洗濯だって娘のお弁当だって」

「家のことは仕事ではありません。単なる家事です。やって当たり前です。でもそれは、わたしが仕事をしているからあなたにやってもらっているだけです。あなたはその仕事すらやってないじゃない。とにかく、わたしが何もしてなかったら、うちなんて簡単に崩れ落ちていくわよ。だから、あなたは自由だとか言ってる資格はないのよ」

恭一は反論ができなくなり、黙ってしまった。

「そもそも自由って何ですかね」

繁太郎がボソリと言うと、姉がワインを飲み干して、眉間にシワを寄せた。

「勝手気ままってことよ。生産性のない馬鹿だってこと。そんであんたは、いままでの人生、勝手気ままにしかやってないから、こんなでくの坊の抜け作になっちゃったのよ」

姉はだいぶ酔っているようだ。

「恥、あんたは勝田家の恥です」

恥で結構だと思いながら、繁太郎は早くこの話を終わらせたかった。

「仕事をしろ」

居間でテレビを見ている八歳と四歳のみよ子の娘二人も、チラチラと繁太郎が怒られている姿をうかがっている。恭一は、自分に鉾先《ほこさき》が向くのを避けるように居間へ逃げ、娘達と遊びはじめた。

「とにかく仕事して、借金を返しなさいよ」

「はい」

「ここだっていつまでも住んでられないのよ」

「え?」

「この別荘よ、売却されちゃうんだから」

「そうなの?」

「お爺さんの相続とかあって、大変なのよ。なのにあんたは、ここでダラダラ過ごしてるだけじゃないの」

「はあ」

「そもそも、あんたは仕事する気があるの？」

「ありますよ」

「じゃあ、仕事探す気あんの？」

「仕事は、たぶん大丈夫です」

「大丈夫って何よ」

「あてがあるんです」

「あて？」

「研究所なんです」

「研究所？」

「茅ヶ崎にある研究所です」

「何の研究所なのよ」

「何だかよくわかんないけど、そこで社員を募集していたので」

「よくわからないって何よ」

「とにかく研究所なんです。そこで働きます」

「じゃあ、とっとと働きなさいよ！　研究員になって、ロケットでも開発して頂戴よ！」

みよ子には酒乱の気《け》がある。さらなる自体の悪化を察した恭一は「子供達眠そうだから、部屋に行っているよ」と言って、うまい具合にその場を退避した。

一方、残された繁太郎は、みよ子が酔い潰れてテーブルに突っ伏すまで説教を聞かされた。

翌朝、繁太郎は六時に起きて、姉の一家が起き出す前に自転車に乗って外に出た。

みよ子と顔を合わせたくない繁太郎は、彼女達が出かけるまで戻らないつもりだった。そこで繁太郎は、ファミリーレストランでモーニングセットを食べてから海に出て、砂浜でボケッとしていた。それから茅ヶ崎の健康ランドに行き、休憩室で寝ていたら一五時になっていた。

別荘に戻ると、タカヨさんに「皆さんはとっくに出発しましたよ」と告げられた。

タカヨさんも繁太郎がみよ子を避けていることを察してくれていた。

「そうそう。昨日、みよ子さんが持ってきてくれた風月堂のロールケーキがあるから一緒に食べませんか」

「はい」

居間のソファーに座ると、タカヨさんがコーヒーとロールケーキを持ってきてくれて、二人で食べた。

「やっぱり風月堂のロールケーキは美味しいですね」

「タカヨさん、昔から好物ですもんね」

「そうなんです。みよ子さんがこっちに来るとき、いつも持ってきてくれて」

居間から見える庭では、ダン之介が梅の木の下で、虫を追って飛び跳ねていた。

「そうだ、梅ジュースがよく漬かってるんですけど、炭酸で割って飲みますか」

「はい、飲みたいです」

「今年は庭の梅の実がたくさんできましてね」

タカヨさんが台所で梅ジュースの炭酸割りを作って持ってきてくれた。

「僕は子供の頃から、毎年、庭の梅のジュースを飲める時期を楽しみにしてました。でも、昨晩、姉が話してましたけど、この別荘は売却されることになったんですか」

「まだ確定はしてないみたいなんですけど、茅ケ崎市に売却が決まりそうなんですって。そしたら、文学館になるみたいですよ」

「それはいつ頃なんですか」

「文学館になるのはもう少し先かもしれませんけど、おそらく来年には売却が決定するそうです」

「売却が決まったら、庭の梅も取れなくなっちゃいますね」

「そうなんですよ」

「ここがなくなったら、タカヨさんはどうするんですか」

「近所にアパートでも借りて、ゆっくり暮らそうかと思います」

「勝田家はここを維持できないんですかね。僕が言ってもしょうがないんですけど」

「維持するだけでも相当なお金が掛かります。でも、茅ヶ崎市が買ってくれるのならちょうど良いですよ、文学館になれば建物も残りますから。でも寂しいですよね、ここにはいろいろな思い出がつまってますから。それでね、昨日、みよ子さんと話したんですけど、ここを引き渡すことになったら、ダン之介は成城の家で飼ってもらえるそうです」

「姉の家には猫がいるけど、大丈夫なのかな」

「ダン之介なら大丈夫でしょう。庭に野良猫がやってきても平然としてますから。あと、助作はね、このまま池にいてもらって、職員の人に面倒を見てもらった方が良いと思うんです」

「そうですね」

「助作は、わたしがここに来たときからいたので、もう四〇年以上になりますよ」

「タカヨさんも、ここが建ってからすぐに来たんですよね」

「そうですよ。わたしの実家は山形の酒田《さかた》でね。火事で家が焼けて、何もかもがなくなっちやったんです。それで途方に暮れていたら、横浜で食堂をやっていた親戚が、良い仕事があると紹介してくれたのがここでした。それにしても、勝田家の方々には本当に良くしてもらいました」

「繁松爺さんなんて、わがままだったから大変だったんじゃないですか」

「いえいえ、いつも優しくしてくれました。でもね、いまだから話せるけど、繁松郎さんは女性が好きでしたから、頻繁にさまざまな女性を連れてきていました。それを奥様やご家族に隠し通さなきゃいけないというのは辛かったです」

「そうですよね」

「まあそのくらいです。ところで繁太郎さんは好きな人とかいないんですか」

「いやあ」

「従兄弟の繁嗣さんなんて、ここによく彼女を連れてくるじゃないですか、繁太郎さんも連れてらっしゃいよ」

「はあ」

「そういえば、繁松郎さんが亡くなる前に、繁太郎さんの彼女をここに連れてくるという話がありましたよね。その日は、タンシチューを作るようにと連絡をもらっていました。繁松郎さんが亡くなって、バタバタしてたから忘れてましたけど、その日のためにお肉屋さんにタンを予約してたんです。そうしたらこの前、『タン届いてるよ』って連絡があって、お肉屋さんに取りに行ったんですよ。いま冷凍してあるんですけど」

「そうですか」

「だから今度、その方を連れてらっしゃいよ。タンシチュー作りますから」

「はあ」

ダン之介が庭から部屋に戻ってきた。繁太郎は、ミナミさんが猫が好きだと話していたのを思い出した。

「本当に連れてきてくださいよ。ここを出る前に繁太郎さんの恋人に会いたいです。そしてタンシチューを振る舞ってあげたいですよ」

「恋人じゃないんですけど」

「とにかく連絡してください。なんなら、わたしがいま電話しましょうか。タンシチュー食べに来なさいって」

「いやあ」

「タンシチューを食べに来ようとしていた方は、なんてお名前なんですか」

「ミナミさんです」

「じゃあ、ミナミさんにいま連絡しちゃいましょう。タンが冷凍しっぱなしってのもなんですから一緒に食べましょう。なんならわたしが電話しますから」

「いやいや」

「貸してください、電話」

「いやいや」

「繁太郎さん、連絡先は知ってるんですよね」

「アドレス帳に入ってますけど」

「確認してみてくださいよ」

「は？」

「消えてたら困るじゃないですか、いま確認してみてください」

繁太郎は、スマートフォンのアドレス帳でミナミさんを探した。しっかり連絡先は残っていた。

「見せてください」

繁太郎がスマートフォンを渡すと、タカヨさんは画面を操作して電話をかけてしまった。

「ああ、ちょっとちょっと、困ります」と繁太郎は言ったものの、実は電話をかけてくれたことを嬉しく思っていた。しかし、残念ながらミナミさんは電話に出なかった。

「出ませんね。仕事中ですかね」

「学校かもしれませんね」

「学生さんなんですか」

「マッサージの学校に通っているそうです」

するると、繁太郎のスマートフォンが鳴った。画面を見るとミナミさんからだった。繁太郎は電話に出た。

「もしもし」

「いまお電話いただいたみたいなんですが、繁太郎さんですか」

「そうです。お久しぶりです」

「お元気ですか」

「いろいろありますが、元気にやってます。それで、いまの電話はタカヨさんが勝手にしちゃったんですけど」

「タカヨさん？」

「茅ケ崎の別荘のお手伝いさんです。タンシチューを作るのがとても上手な」

「そうだそうだ、本当は、そこに行く予定だったんですもんね。猫はダン之介でしたっけ？」

「はい」

横でタカヨさんが、繁太郎に「シチュー、シチュー、誘って、誘って」とささやいている。

「それでね、突然でなんなんですけど、シチューの件なんです。タンシチューの。祖父と蘭さんと食べに来ようと話していた、タカヨさんのタンシチュー」

「絶品タンシチューですね」

「はい。そのとき作ろうと思っていたタンが冷凍庫に凍らせてあるんです。でね、これを食べるにあたって、つまり、タカヨさんがタンシチューを作るにあたってですね、まずは解凍をするわけなんですけど……」

タカヨさんは、じれったくなったようで、「それ貸して」と繁太郎に言って、電話を替わった。

「こんにちは、山本タカヨと申します。勝田家の茅ヶ崎の別荘で、住み込みの家政婦をしてます」

「こんにちは、ミナミです。本名は、南沢瑤子《みなみざわようこ》です」

「あれま、ミナミさんというのは下の名前だと思ってたけど、上だったんですね」

「そうなんです」

「それでね、用件を言いますと、繁太郎さんはあなたとタンシチューを食べたいらしいんです。さらにわたしも、あなたにタンシチューを食べさせてあげたいんです。それに繁松郎さんやあなたが来るときのため、肉屋さんにタンを頼んでいたんで、その肉が冷凍してあるから、どちらにしろタンシチューを作らなくてはなりません。そこで近々茅ヶ崎に遊びに来ませんかという話なんです」

「それは嬉しいです。是非タンシチューを食べたいです」

「いつがお暇ですか。今週でも良いですよ。わたしも繁太郎さんもどうせ暇だから、明日でも良いです」

「そうですか。明日は用事があって、実家に行くんです」

「いつ、戻ってくるの？」

「三日くらいで戻ります」

「じゃあ週末はどうかしら、今週の土曜日」

「大丈夫だと思います」

「それなら決まりですね、タンシチューを用意しておきます」

「ありがとうございます。楽しみにしてます」

「時間とか、待ち合わせとか、細かいことは繁太郎さんとやりとりしてください」

「はい」

「それじゃあ、お元気で」

「ありがとうございます」

タカヨさんは電話を切った。

「あら、繁太郎さんに替わるの忘れてました。またかけましょうか」

「後でメッセージしておきます」

「でね、今週の土曜日に決定しました」

「ええっ」

「感じの良い人じゃないの」

「そうなんです」

その夜、パイプベットに寝転がって、ミナミさんにメッセージを送ろうとして、あれやこれや文章を考えていると、ミナミさんの方からメッセージが届いた。

「繁太郎さん、ご無沙汰してます。この前まではお爺様とお店に来ていたので、毎週会うことができましたけど、最近は会えなくて寂しく思っていました。それにしても、お爺様のことは本当に残念です。繁松郎さんは、繁太郎さんと一緒ではないときも、お店に来ると、いつも繁太郎さんのことを話していました。ちょっと変わっているけど、実は面白いんだと……。だから、わたしは繁太郎さんと会う前から、なんだか知っているような気持ちになっていました。そして実際にお会いしたら、やはりユニークな人でした。それにしても、タンシチューのことを覚えていてくださって、大変嬉しいです。是非是非食べさせていただきたいです。そして繁太郎さんにお会いできるのを楽しみにしてます。猫のダン之介君にもよろしくお伝えください。それで、土曜日は何時くらいに、どこに伺えば良いでしょうか」

繁太郎はメッセージを読んで、ニヤニヤしていた。返信しなくてはならないのだが、どのように返信するか悩みに悩んで、一時間後、「土曜日は、一五時に茅ヶ崎駅の改札で待ち合わせましょう。僕が迎えに行きます」と簡素なメッセージを送った。

本当は、もっと伝えたいことがあったが、そこまで頭がまわらなかった。

しばらくすると、「了解しました。一五時、茅ヶ崎駅、伺います。そうだ蘭さんも誘いましょうか」と返信が来たが、これにはすぐさま、「蘭さんは、今回お誘いしなくて良いと思います」と返した。

その晩、なかなか寝付けなかった繁太郎は、幻の女で自慰行為をしようとした。するといつものぼんやりして黒い幻の女の輪郭がはっきりしてきて、やがてそれはミナミさんの顔になった。

焦った繁太郎は、一瞬、股間をいじくる手を止めたが、やはり手を動かした。果てた後、罪悪感と同時に、いままでよりもミナミさんのことが気になって仕方がなくなっていた。

土曜日、繁太郎は浮き足立って茅ヶ崎駅に行き、三〇分前から改札口で待っていた。

ミナミさんは時間きっかりにやってきた。ジーパンに青いシャツ、黒いリュックサックを背負い、足元はスニーカーだった。これまで、店で会っていたときの派手な格好しか知らなかったので、ギャップからなのか、どこか垢抜けない感じがするこの格好がなんとも好ましく思えた。一方の繁太郎は、母親が昔、伊勢丹《いせたん》で買ってきた黒いポロシャツと、イトーヨーカドーで買ったチノパンという特徴もない格好だった。

「こんにちは、お久しぶりです」

手を振りながら近づいてきたミナミさんに、繁太郎はたどたどしく「こんにちは」とお辞儀をした。

「ここから歩くと、八分です。タクシーに乗りましょうか、それとも歩きますか」

「歩きましょう」

二人は並んで茅ヶ崎の商店街を抜けた。何を喋ったら良いのかわからない繁太郎であったが、祖父に言われていた気遣いをしなくてはならないと、途中の自動販売機で缶ジュースを買って渡し、茅ヶ崎のことについて無理やり喋ろうとしていた。

「茅ヶ崎っていえば、まず何を思い浮かべます?」

この質問は、前々から考えていたものだ。

「海ですかね」

「じゃあ歌手では？」

「そうだ。サザンオールスターズ」

「だから茅ヶ崎の海岸は、サザンビーチという名前がついてます」

「へえ」

「僕は、音楽をほとんど聴かないのですが、サザンオールスターズの一枚目のアルバム『熱い胸さわぎ』のＣＤは持ってて、これが好きなんです」

中学生のとき、繁太郎はみよ子に、「あんたさ、音楽でも聴いて、もっと人間らしくなりなさいよ」と言われた。とりあえずＣＤを買おうと思った繁太郎は、悩んだ挙げ句、自分が思い浮かべられる日本で一番売れているミュージシャンで、そのデビューアルバムなら文句はないだろうと思い買ったのが、サザンオールスターズの『熱い胸さわぎ』だった。結局、みよ子からは「古いわよ！」とケチをつけられたが、聴いてみたら大好きになり、それ以降、何度も聴いている。実家の部屋にあるＣＤコンポには、このＣＤが入りっぱなしになっている。だが好きになったからといって、コンサートに行ったり、違うＣＤアルバムを買ったりすることはなかった。

「わたしもサザン好きですよ、カラオケで唄います。『涙のキッス』とか好きです」

「僕は、『熱い胸さわぎ』に入っている曲しか知らなくて、五曲目の『茅ヶ崎に背を向けて』という曲が好きなんです」

「その曲知りません」

「このアルバムで、皆が知ってるのは『勝手にシンドバッド』なんです。でも『茅ヶ崎に背を向けて』は本当に名曲です」

「唄ってみてくださいよ」

立ち止まった繁太郎は唐突に大声で唄いはじめた。

繁太郎には恥じらいというものがないので、躊躇《ちゅうちょ》なく大声で唄えるのだった。ミナミさんはまわりを気にして少し恥ずかしそうだが、このような繁太郎のユニークさを好ましくも思っていた。

だが繁太郎は、途中でパタリと唄うのをやめてしまった。

「どうしたんですか」

「ここから先は、原坊《はらぼう》さんのパートになるので、女の人でないと唄えないんです」

「え〜、全部聴きたかったんだけど」

「でも、原坊さんなんで」

「繁太郎さんカラオケは行きますか」

「人生で三回くらいしか行ったことがないかもしれません」

「今度行きましょうよ。そのときまでに、わたしがそこから先を覚えれば、一緒に唄えますね」

「はい」

前方に黒塀が見えてきた。

「あれです」

「え？　あれ旅館じゃないんですか」

ミナミさんは驚いている。

門を開けて敷地内に入ると、すでに美味しそうなシチューの匂いが漂っていた。タカヨさんがエプロンをしたまま玄関先に出てきて、ミナミさんに挨拶した。

ミナミさんは、お土産で持って来たケーキをタカヨさんに渡し、手を洗って、居間に行くと、タカヨさんが紅茶を持ってきてくれた。

「タンシチューはもう少し煮込みますんで、ゆっくりしててください」

ミナミさんは居間のソファーに座った。対面した繁太郎の背中越しには庭が見えた。

「あれが東屋ですね」

「行ってみますか」

ダン之介がやってきて、ミナミさんの足に体をなすりつけた。

「こんにちは、ダン之介」

甘え上手のダン之介は、早速ミナミさんの膝に飛び乗った。

「庭に出てみます？」

「はい」

二人のあとをダン之介もついてくる。東屋まで行って中に座ると、ダン之介はまたミナミさんの膝の上に乗り、顔を見上げ、「ミャア」と鳴いた。

ダン之介は、銀座の路地裏でダンボール箱の中に捨てられていた子猫で、一五年前、繁松郎が飲み歩いているときに見つけて、連れて帰ってきた。最初は成城の家で飼おうとしていたが、茅ヶ崎の方が環境も良いということで別荘に連れてこられた。ダン之介という名前は繁松郎が考えた。捨てられていた場所が、「ダンディの館」という潰れたバーの前だったので、そこから名前をとって、ダンディ之介からダン之介になった。

「お食事ができましたよ」

タカヨさんの声がして、二人は食堂に移動した。

食卓にはフランスパンにサラダ、ワインも用意されていた。

「なんだか、レストランみたい」

「はいどうぞ」

タカヨさんが、スープ皿に入ったタンシチューを持ってきた。

「さあ、召し上がれ。パンを浸して食べても美味しいですよ」

「はい」

ミナミさんの声が弾む。

「繁太郎さん、ボサッとしてないで、ワインを注いであげて」

「ああ、そうだ」

タカヨさんに促されて、繁太郎はミナミさんのグラスにワインを注いで乾杯をした。

タカヨさんはすぐに台所に戻ったが、二人で食べても会話が続かない気がした繁太郎は、

「タカヨさん。一緒に食べましょうよ」と声をかけた。

「そうですよ、食べましょう」

ミナミさんも誘うと、タカヨさんが台所から顔を出した。

「せっかくなんだから、二人っきりになりたいんじゃないんですか」

「いやいや、二人っきりだと、なんていうかアレなんで」

「二人っきり嫌なんですかぁ」

ミナミさんがからかうように言った。

「嫌じゃないんですけど……」

「賑《にぎ》やかな方が良いですかね」とタカヨさんが言う。

「そうですよ、一緒に食べましょう」

「それじゃあ、お言葉に甘えて」

タカヨさんは台所で自分のタンシチューをよそって食堂にやってきた。

ミナミさんはタンシチューの味に驚いた。

「とっても美味しいです」

「味がしっかり染み込んでいるでしょ」

「はい。本当は、繁松郎さんもこの場で一緒にタンシチューを食べていたはずだったんですよね」

「もう、一ヶ月経っちゃいましたね。それにしても大変な一ヶ月でしたよ。その間にもいろいろありました。ねえ、繁太郎さん」

「はい」

「繁太郎さん何かあったんですか」

「会社をクビになりました」

「どうして？」

「お爺さんの壺を割っちゃったんですよ、売り物の」

　タカヨさんが代わりに答えた。

「あれま」

「参りました。それで、代償として借金を背負いました」

「何言ってるんですか、たいして参ってないじゃないですか。まあ、そこが繁太郎さんの良いところなんですけどね。そんなところがお爺さんに似てますよ」

　タカヨさんが笑いながら言う。

「似てますか」

「似てます」

「嫌だな」

「良いじゃないですか」

「たしかに、どこか似てるところがあるとわたしも思ってました」

　ミナミさんにまで言われてしまい、繁太郎は困ったような顔をしていた。ミナミさんは笑いながら、パンをタンシチューに浸した。

「おかわりありますから、言ってくださいよ」

「ありがとうございます。これ本当に美味しいです。作れるようになりたいな」

「そしたら来週もいらっしゃいよ」

「え？」

「作り方教えてあげるから。ミナミさん、毎週土曜日にいらっしゃいよ。そしたら、わたしのレシピを全部教えてあげます」

「それは嬉しい。でもわたし、来週からまたしばらく実家に帰るんです」

「そうなんですか」

繁太郎がすかさず訊いた。

「ちょっと母の具合が悪くて、入院している間、実家の手伝いをしなくちゃならないんです」

「そうなんですか」

「はい」

「お母さんは大丈夫なの」

タカヨさんが心配そうに尋ねた。

「ちょっとした手術なんで、たぶん二ヶ月くらいで東京に戻って来られると思うんですけど」

「実家ってどこなんですか」

「山形の酒田です」

「ちょっと嫌だぁ！　わたしの生まれ故郷よ！　山形の酒田は」

「ええ！　そうなんですか」

「そうなのよ」

「うちの実家は、くし村という酒場なんです」

「えー、くし村さんなの！」

「知ってますか」

「知ってますよ。うちの父親は、くし村さんによく飲みに行ってたんですから。あの店は、昔からありますよね」

「そうです、わたしの曾祖父の代から酒屋を営んでいて、酒場も開いたんです」

「わたしの実家はね一九七六年の酒田の大火でなくなっちゃったのよ。それで、こっちに出てきて、この別荘で働き出したんです。だから酒田にはもう、四〇年以上帰ってないんですけど。懐かしいなあ酒田」

ミナミさんとタカヨさんは地元の話で盛り上がっていた。このようなとき、いつもなら勝手にどこかに行ってしまう繁太郎であったが、楽しそうに話をする二人を見ていると、なんだか自分も幸せな気持ちになってきた。

食事が終わってデザートを食べていると、「タカヨさんも繁太郎さんも、マッサージしてあげますよ。本当は食後すぐは良くないけど、まあ良いや」とミナミさんが言った。

まずはタカヨさんが居間のソファーで横になり、マッサージをしてもらうことになった。

「あー、気持ち良い、こりゃ極楽、たまんないよ！」

そんな声が居間に響いて四〇分、タカヨさんは気持ち良過ぎたらしく、半ば気絶したみたいになってしまい、ふらふらになって立ち上がった。

「わたし、ちょっと、眠くなってしまいました」

「だったら、そのまま眠っちゃった方が良いですよ」

「そうですかね。でも、先に寝ちゃうのも、なんなんですが」

「タカヨさん、今日は朝から仕込みをしてたんだから、片付けとかは、僕がやっておきますから」

珍しく繁太郎が、気を遣うようなことを言った。

「そうですかね。目の中にコンクリートを流し込まれているみたいに眠くなってしまいました。ああ、恐ろしい、ミナミさんのマッサージ恐ろしいです。そして気持ち良かった。ありがとう」

タカヨさんはおぼつかない足取りで、自分の部屋に行った。

ミナミさんはタカヨさんをマッサージして体が熱くなったようで、上着を脱ぎ、ノースリーブ姿になった。首筋にはうっすら汗をかいている。

「じゃ、次は、繁太郎さんいっちゃいましょう」

「でも、僕、あんまりマッサージ受けたことなくて、どこが凝ってるとかよくわからないんですけども」

「つべこべ言ってないで、そこにうつ伏せになってください」

「格好は？」

「ズボンは脱いじゃって」

「パンツに」

「そう」

「はあ」

「見せられないパンツとか履いてるわけじゃないでしょ」

「はい」

「女物のパンツとか」

「履いてません」

「じゃあ、早く脱いで、タオルかけますから」

繁太郎はズボンを脱ぎ、青いトランクスになって、うつ伏せになった。背中にミナミさんの体が乗っかる。

ミナミさんの柔らかい部分が、皮膚を擦れて、通り過ぎていく。

ツボが押される。良い匂いがした。いままで嗅いだことのないような、汗の混じった女の人の匂いだった。

目を瞑《つむ》ると、よくわからない光が頭の中をうごめいていた。背中、肩、尻を揉まれる。三〇分くらい経ったのだろうか。

「じゃあ、仰向けになってください」

寝ぼけながら仰向けになると、ミナミさんのノースリーブから胸の谷間が見えた。

繁太郎の口の中に唾液が溢《あふ》れた。ズルッと吸い込むと、股間がカチコチになっていた。

ミナミさんの膝頭がそこに当たった。

「あら」

ミナミさんがそれに気づいて、笑った。

緊張すればするほど、繁太郎の股間は膨張が止まらない。

腕の付け根を揉まれていると、ミナミさんの顔が繁太郎の顔に近づいてきた。その肩越しに祖父の遺影が見えた。

写真の中の繁松郎が恨めしそうに、繁太郎を見ていた。

「この野郎」

繁松郎が言っている。

良い匂いがするミナミさんの顔が近づいてきて、繁松郎の姿が消えた。

ミナミさんの唇が顔面全体を覆うように近づき、口の中に濡《ぬ》れた舌が絡まってきた。この前見せてもらったミナミさんの長い舌が、蛇のように動いていた。

繁太郎は失神しそうになった。繁松郎の笑い声がどこからか聞こえてきた。


遺影の中の繁松郎は、五〇歳になったとき、秘露庵を降りて放蕩三昧の生活をはじめた。

繁松郎は、もともと変人的な魅力があったので、彼とつるみたいと思っていた文化人がたくさんいた。

ジャガーに追われた話、ペルーでのアヤワスカの儀式、アルマジロを食べていたら猿に頭を叩かれた話、檜原村での猪や猿との攻防話など滅法面白かった。さらに、とことん作品作りに没頭していた時期があるので、狂気に迫る創作スタイルの話も周囲を圧倒した。

そのうちテレビ局のプロデューサーに呼ばれて、ワイドショーや深夜番組などに出演するようになった。コメンテーターとして歯に衣着せぬ物言いはお茶の間をスカッとさせ、エロチックな深夜番組では、裸の女性を追いかけまわして尻や胸を触る節操のない下品さで呆れさせ、かと思えば、芸術番組で真面目に意見する。また、討論番組で映画監督と殴り合いの喧嘩をし、若者との討論番組では、生意気な若者に椅子を投げつけて怪我をさせるといったバイオレンスさも兼ね備えていた。昼の生放送のワイドショーでは、二日酔いのまま出演して、コメントをしている最中に吐いてしまったこともある。

このように、繁松郎の自由奔放な振る舞いや、タブーをものともしない姿勢は、当時のテレビとしてはうってつけで、どんどん人気者になっていった。もちろん、おおらかな時代だったから許されていたのであって、現在なら叩かれまくっていたことだろう。

テレビのコマーシャルにも数本抜擢《ばってき》された。コーヒーのコマーシャル、物置小屋のコマーシャル、特に人気だったのは痔《じ》の薬のコマーシャルだった。

繁松郎が水戸黄門《みとこうもん》の格好をして、「肛門《こうもん》さん、これが目に入らぬか！」と言い、印籠に入った痔の塗り薬「シリナール」を出すというもので、当時は流行語にもなり、繁松郎はしばらく「尻の方の肛門さん」といった不名誉なあだ名がついてしまった。でも本人は、いたって喜んでいた。

週刊誌では、「壷の穴から訊いてみよう」という、人生相談のコーナーがはじまり、めちゃくちゃな回答が人気になる。

例えば「妻が子供の通う体操教室の先生と浮気をしているみたいだ」という相談に対しては、「それはもう、あなたの魅力を発揮させ、その体操教室の先生とあなたが関係を持ってしまえば良いのです。もし行為の後の尻の穴が心配なら、わたしがコマーシャルをやっている、シリナールを塗ってごらんなさい」と答えた。

「隣の家の子供が、毎晩うるさいロックミュージックを聴いていて眠れません。困ってます」という相談には「なら寝るな」で終わらせてしまうこともあった。

五〇歳を超えて時代の寵児《ちょうじ》となり、焼き物から遠ざかっていった繁松郎は、他の芸術家からは、「あいつは魂を売った」「あんな俗物に芸術はできない」などと非難されていたが、繁松郎は気にせずに遊び続け、五〇歳から六〇歳までの一〇年間は、それまでのストイックさを発散するかのように放蕩三昧で、浮気をしまくり、酒を飲みまくった。

六〇歳を過ぎると、放蕩が落ち着いたわけではないが、しばしば山に通い、制作をするようになる。

だがこの頃は、気に入った女性へプレゼントする作品を私的に作っていることが多かった。

そのような邪《よこしま》な作品を作りつつも、実は創作活動も続けていて、挫折したまま完成に至ってない作品もあった。それは、若い頃にペルーのリマにある博物館で見た、チャンカイ文明の壺の再現だった。何の衒いもない茶色い壺だが、これをどのように自分のものにできるかを試行錯誤していた。単純な壺だが、それだけに難しかった。何度も似たようなものを作ったが、思うようなものができず、叩き割り、結局、未完成に終わってしまった。

五〇歳を過ぎてからの放蕩三昧について、家族はどう思っていたのかといえば、皆呆れてはいたが、妻の恵も半ば容認状態で、「人を騙《だま》すのだけはやめてね、そして騙されないように」と話していた。

もちろん騙すことはなかったが、騙されることはよくあって、わけのわからない低周波電気布団とか、土地や不動産を買わされることがあった。

それでも家に金はしっかり入れていたし、ほとんどホテル住まいだったが、週末は自宅に必ず帰ってきた。さらに、一年に一回の勝田家の海外旅行も欠かさなかった。ただ繁太郎だけは、これに参加しなかった。

六七歳のとき、遊びすぎているのを申し訳ないと思ったのか、それまで散々迷惑をかけてきた妻と二人で、世界一周の船旅に出た。

しかし旅行から戻ってきて、妻の病気が発覚すると、遊びにも行かず看病をしたものの、一年後に亡くなってしまう。そのショックでしばらくは落ち着いていたが、半年もするとふたたび夜遊びを再開させ、夜な夜な街に繰り出すようになった。

いままで以上に女遊びも派手になり、あきらかに金目当てで近づいてくる女もいたが、気前良く振る舞っていた。このようにして七〇代、八〇代も遊びまわり、変な老人としてテレビに出演する仕事もしばしばあった。ただ、昔のようにめちゃくちゃなことはしなかったが、危険な現役感をぷんぷん漂わせていた。

本人は、一〇〇歳まで遊び通してやると豪語していたので、いまこうして遺影の中におさまってしまっているのは、無念であるに違いない。

ミナミさんは、繁太郎と勢いでキスしてしまったが、以降、何事もなかったようにマッサージを続けた。

遺影の繁松郎が苦虫を噛みつぶしたような顔で、「馬鹿野郎、情けない」と言っている。

マッサージは終わったが、妙な興奮がおさまらない繁太郎は、ミナミさんとお茶を飲みながら世間話をした。ここで、「もう一度キスをさせてください」とお願いする気概は繁太郎にはなかった。

その間、タカヨさんは眠ったままで、ミナミさんは終電ギリギリまで別荘にいた。

繁太郎は茅ヶ崎駅までミナミさんを送っていった。一緒に歩いていると、ミナミさんが繁太郎の手を握ってきた。

繁太郎にとっては、何もかもが不可解だった。

ダルヌル研究所は、国道沿いのラーメン屋の脇を入ったところにあった。門には木の板が貼り付けてあり、「ダルヌル研究所」と太い筆文字で書かれている。

姉に、働くと言った手前もあったが、前日の夜のミナミさんとのキスが頭で処理できず、じっとしていると気持ちがモヤモヤしてくるので、家を出てダルヌル研究所に向かったのだった。

塀には社員募集の紙がまだ貼ってあった。自転車にまたがりながら覗き込んでいると、「どうしましたか」と声をかけられた。

振り返ると、ダルマみたいな体型の男が立っていた。この人がダルさんだった。

ダルさんは五五歳で、度の強いメガネをかけていて、甲高い声でよく喋る。手足が短く、まんまるのお腹を突き出し、いまにもころころ転がり出しそうだ。小学校の頃からこのような身体つきで、その姿がダルマに似ていることからついたあだ名が「ダルマ君」だった。以降、マが抜けて、「ダル」になった。

「ここは、社員を募集してますよね？」

「君は入社希望なんですか」

「そうです」

「本当に？」

「はい」

「珍しいね、だったら中へどうぞ」

ブロック塀に囲まれた敷地内には広いけれども雑草だらけの中庭があり、たくさんの何の機械だかわからないものが放置されていた。その奥に平家の建物があった。

繁太郎は建物の中に通された。屋内にもさまざまなものがごちゃごちゃ置いてあって、破れてくたびれたソファーに座らせられた。

「それで、ここで働きたいと」

「はい」

いったいここがどのような研究所かも知らないが、繁太郎は勢いで答えてしまった。

「では仕事を説明しましょう。ダルヌル研究所は、わたしが開発したアイデア商品を売っているのです」

「はい」

「例えばこれです」

ダルさんは、研究所のテーブル下に転がっていたボウリング球を手に取った。

「これは、絶対にストライクを出すボウリング球です。まだ試作品なんだけど、日本全国のボウリング場に売れたら最高でしょ」

「皆、ストライクを出しちゃうってことですか」

「そうなのよ。他にはね、あそこに置いてある巨大タッパー。あれは人間も入れるんだ。緊急の避難場所や家にもなる。まあ、これはオフレコなんだけど、死体を入れるのにもちょうど良い。臭わないしね」

「はい」

ダルさんはカタログを取り出してきてテーブルの上で開いた。そこには、これまでダルさんが開発したものがカラー写真で紹介されていて、一〇ページほどあった。

「他にもいろいろな開発品が載っているんだ。君には、このカタログを持って営業にまわってほしいんだ」

強力な消臭スプレー、何でも汚れを落としてしまうミカン成分の入った洗剤、万能リングという名の見た目はただのフラフープで実際には何に使うのかわからないもの、喋る狸のぬいぐるみ、紫ベルベットの防音カーテン、男女兼用快適ふんどし、ミニカステラ製造機、海ぶどうをすくうフォーク、防犯ブザーの鳴る大黒天の置物や招き猫、孫悟空の頭の輪、一〇〇万円貯まると桃太郎が生まれる桃型の貯金箱、ロケットランチャーの形をしたスピーカー、暖房器具にもなるスピーカー付きアンプ、髪の毛が生えてくるひんやり枕……。このように脈絡のない商品ばかりで、繁太郎はこれらの載っているカタログを持って、飛び込みで営業をするということだ。

「見てくれ、このミニカステラ製造機。これは、夜に材料を入れておけば、朝には五〇〇個ミニカステラができているという代物だ。ただ難点があってね」

「何ですか」

「機械が畳六畳分に相当する大きさなんだよ。だから、一般家庭には少し大きいかもしれないね」

「ミニカステラ好きというのは、世の中にそんなにいるのでしょうか」

「わからないよそんなこと。ただ僕はミニカステラが好きだよ、君は好きかい？」

「まあまあです」

「まあまあなら好きってことだ」

「はい」

「あそこに置いてある防犯ブザーの大黒天も優れものだ」

ダルさんは立ち上がり、ごちゃごちゃと物が置いてある棚から、大黒天の置物を持ってきた。

「これ、普通の大黒天に見えるだろ。しかし目にセンサーが入っていてね、玄関に置いておいて、人がやってくると大きな音で軍艦マーチが流れるんだ」

　ダルさんがスイッチを入れると、目が赤く光り、繁太郎を察知して軍艦マーチが耳をつんざくくらいの大音量で流れはじめた。

「音が大きすぎませんか」

「そこが良いんだ。パチンコ屋に入店したみたいな気分になるだろ」

「でもこれ、スイッチ入れっぱなしにして置いたら、誰でも察知してしまうんですよね」

「ああ、だから、お出かけをするときに、スイッチを入れておけば良い」

「しかし泥棒って、玄関から入ってきますかね」

　ダルさんの顔が険しくなった。

「君、鋭いね！　そう考えると、他にも招き猫の防犯グッズがあるんだけど、これも玄関に置くってのは考えものだね。ちなみにね、招き猫は『猫ふんじゃった』がオルゴールで流れるよ」

「それだと音が小さいんじゃないんですか」

「君、鋭いね。素晴らしいよ君。おーい、ヌルさん！」

「なんですか」

　奥から女の声がした。

「彼、もの凄く鋭いよ。これはもう採用決定ってことにして良いですかね」

「良いんじゃないですかあ」

部屋の奥のドアから顔を出したのがヌルさんだった。おだやかで物静かな性格だが、何を考えているのかわからないところがある。身体はダルさんとは対照的に、一本の棒のように細身である。彼女は異常なくらい体が柔らかく、歩くときはふにゃふにゃしている。その姿がうなぎに似ているため、中学のときについたあだ名が「うな子」だった。そこから、うなぎの体の表面を覆っている粘膜がヌルヌルしていて、摑んでもヌルッと滑ってしまう摑みどころのない彼女の性格から、「ヌルさん」というあだ名で呼ばれている。

二人の地元は茅ヶ崎で、中学からの同級生だった。高校も同じ県立高校に進学し、大学は別々になったが、そのときに学生結婚をした。卒業すると、以前は畑だったダルさんの実家の空き地に、ダルヌル研究所を立ち上げた。つまり、二五年間、アイデア商品を開発し研究を続けているが、いまだにヒット商品の開発には至っていないのだ。

「じゃあ、採用します」

「ありがとうございます」

「明日から営業してもらいます」

「わかりました」

「でね、このカタログを持って営業にまわってもらうわけだけど、何か質問とかある？」

繁太郎はカタログをめくって、金色のリングが目に付いたので、「孫悟空の輪って、何ですか」と訊いた。

「頭に被せて、遠隔操作のリモコンでボタンを押すとキツくなるの。しつけに最高でしょ」

「ロケットランチャー型スピーカーは？」

「爆弾発射音と共に音楽が流れるんだ」

繁太郎は、目の前に置かれたボウリング球を手にした。

「このボウリング球の値段は？」

「三万円」

「高いんだか、安いんだか、よくわからない価格ですね」

「わたしも相場がよくわからない」

「それに、ボウリングの球なんて、いまの時代売れるんですか」

「知らないよ、そんなこと。わたしは、そもそもボウリングなんて興味がないんだから」

「そうなんですか」

「君は興味あるかい？」

「僕も興味ありません」

「なら、ちょうど良いじゃないか。興味や思い入れがあると、セールスって鬱陶《うっとう》しくなるだろう」

「そんなもんですかね」

「そんなもんさ。それにね、このストライクを出しやすい球だって」

「あれ？　さっきは絶対ストライクを出すとおっしゃってましたが」

「どっちでも良いのよ、そんなことは。商売ってのはハッタリだから、ハッタリ利かせて、なんぼのものですからね。わたしも学生の頃、アルバイトで冷凍肉まんの営業をやっていたことがあるんですよ。そのときの経験から物申しているわけなんだ」

「はい」

「このボウリングの球は、もともと健康器具を作ろうと思ってたら偶然できてしまった代物なのよ」

「どんな健康器具を作ろうとしてたんですか」

「頭に乗せたり、座ったり、腰に当てたり、持ち上げたり、体操をしたり。この球でいろいろできるようにしようと思っていたんだけど、あるとき転がしてみたら、もの凄い力で壁をぶち破っていったんだ。ほらそこ」

ダルさんが事務所の壁を指したところには、穴が開いていた。

「この球、電動なんですか」

「いやいや、電気仕掛けなんかじゃないの。まあ球の中に仕掛けがあるんだけど、興味ある？」

「少し」

「物理的な話になるけども、そういうの大丈夫？」

「え？」

「物理は得意？」

「得意じゃないです」

「理解できる？」

「できないと思います」

「だったら説明はしないよ。しても無駄だから」

「はい」

「この球、どうせなら一回投げてみるかい」

「はい」

二人は庭に出た。

古タイヤ、木材、扇風機、犬のいない犬小屋、植物が枯れた植木鉢、壊れたソーラーパネルなどなど、さまざまなものがそこには散らばっていた。ダルさんはその中から空になった一升瓶を二本取り出し、五メートルくらい先に置いた。

「ほら、あれに向かって転がしてみなさい」

繁太郎はボウリング球に指を入れた。これまで二回くらいしかボウリングをやったことがないが、この黒い球は普通のボウリング球と変わらないように思えた。

「ストライク出しちゃって！」

ダルさんが大きな声で言う。

繁太郎は、球を後方に振り上げ、勢いをつけて投げた。

雑草の上を転がっていく球は、地面の上を跳ねた。どんどん勢いがついて、まるで球に意思があるかのように、速く速く、転がっていった。

しかし球は一升瓶には当たらず、その奥にあった犬のいない犬小屋に当たった。犬小屋は、大きな音を立てて粉々になった。

「破壊、破壊、破壊だ！」

ダルさんは手を叩いて喜んでいた。

思っていた以上の球のパワーに、繁太郎は呆気にとられていた。

「凄いでしょ」

「何ですかこれ」

「君が投げたつもりの勢いの一〇〇倍くらいの勢いで転がったでしょ」

「はい」

「凄いんだ、この球は」

「先ほど絶対にストライクを出すとおっしゃってましたけれど」

「はいはい」

「この球は絶対にストライクを出すのではなく、とんでもない勢いで転がるボウリング球っていうことですか」

「そんなところだ」

「破壊力のある球というか」

「破壊力！　君、ずいぶん良いこと言うね。そうだそうだ。じゃあ、この球、まだ名前を決めてなかったけど、破壊神という名前にしましょう」

「はい」

「破壊神だよ。良い名前だね。例えば向こうに牛がいたとして、この球を牛に向かって転がせば、牛が破裂してしまうよ。熊だって、猪だって、鹿だって、破裂してしまう」

「凶器ですね」

「凶器なんて物騒なこと言わないでくれよ。あくまでもこれはボウリング球なんだから。丸くて平和の象徴なんだ。まあ、ここだけの話、そうです、凶器にもなります。ですから決して人に向かって投げないようにという注意書きが必要だね」

普通の人なら、ダルさんの奇天烈《きてれつ》な雰囲気に呑《の》み込まれてしまい、ここで働くのは躊躇してしまうだろう。実際にこれまで三人ほど面接に来たが、ダルさんと会って採用という段になっても、向こうから断られてしまった。

けれども繁太郎には、まったく問題なかった。

事務所に戻ると、先ほどは声だけだったヌルさんが、お茶とモナカを持ってきた。

「君は、早速明日から来られますか」

「来られます」

「では明日からいらしてください、朝九時くらいに来てください」

「わかりました」

ダルさんは、勢い良くモナカを食べて、お茶を飲んだ。

繁太郎もお茶を飲むと、もの凄く熱くて、口の中を火傷《やけど》した。

繁太郎がダルヌル研究所で働き出して二週間が経った。そして銀座の元気人間倶楽部へ営業に行き、社長に怒られたのだった。

繁太郎が元気人間倶楽部を立ち去った後すぐに電話があって、「あの営業はなんだ」と言われたそうだ。ダルヌル研究所に戻った繁太郎は、そのことを告げられると、「すいません。駄目な営業で」と謝った。以前であれば、そんなことは気にならなかったが、ダルヌル研究所は、繁太郎にとって居心地の良い場所になっていたので、迷惑はかけたくなかった。

しかし、謝った繁太郎にダルさんは、「構わないんだ。あいつは、自分が偉いところを見せたいだけの男なんだ。今回だって、『サンプル持ってこい』って言うから持っていったけど、さっきの電話で、いかにしじみ青汁無限ビタミンが駄目な商品かを言われてさ、嫌な奴だよ。だから、気にしないで良いよ」と励ました。

「そもそも無限ビタミンの、無限は何ですか」

繁太郎は今後の営業のためにも訊いておくことにした。

「無限は無限だよ」

「どうして無限なんですか」

「格好良いじゃん」

「へっ？」

「格好良いじゃん、無限」

「どんなビタミンなんですか、無限ビタミンって」

「そりゃもちろん、ビタミンCだよ」

「それだけですか」

「ビタミンはCだけで十分ですから」

「では、しじみ青汁ビタミンCってことなんですか」

「そのCを無限に変えちゃうところがミソなんです」

「なるほど」

「ところで話は変わるけど、この二週間働いてみてどうですか」

「どうって言われても、ここで働くのはとても楽しいです。でも、僕が営業しても商品が全然売れなくて、申し訳ないとも思ってます」

これまで繁太郎は、飛び込みで商店や飲食店に行ったが、すべて断られていた。民家にも行ってみたものの、ほとんど門前払いだった。突然ボウリング球や大黒様を持った男が現れると、さすがに気味悪がられた。

この二週間、営業から戻って「今日も売り上げゼロでした」と伝えると、「困ったね。何十年掛かっても良いから、三〇件だけは契約取ってきて頂戴よ。頑張れ、頑張れ」とダルさんは言ってくれる。以前働いていたときは会社のためになんて思ったことはないのだが、ダルさんに励まされると申し訳ない気分になる。

「やっぱり、僕の営業が良くないんですかね」

「そんなこと気にしないでよ。でもさ、そこを打破するため、営業の旅に出てみるってのはどう？」

「え？」

「いままでは近くの神奈川県内や東京だけで営業してたでしょ。地方に行ってみるのはどうかね」

「はあ」

「そうすれば、売れるかもしれないよ」

「そんな単純なもんですかね」

繁太郎は弱気になっている。

「単純、単純、世の中は単純さ。行ってみる気はあるかい？」

「はい」

「じゃあ、行ってきてよ。でさ、こういうのはどうだい。カタログの製品が五個売れるまでは戻ってこられないってのは。その方がゲーム感覚で楽しめるんじゃないかな」

「わかりました」

「よし、じゃあ明日は旅の準備をして、明後日から行ってきてください」

営業の旅に出る朝、繁太郎は、タカヨさんに作ってもらった朝飯をいつものようにゆっくりと食べていると、タカヨさんがほうじ茶を淹れながら、「繁太郎さん、出張って、どのくらい行くんですか」と訊いてきた。

「商品が五個売れるまでは帰ってこれないんです」

「あの、わけのわからないものを売るんですよね」

以前、タカヨさんにダルヌル研究所のカタログを見せたことがあった。

「失礼ですけど、あの中から何か欲しいものを選べと言われても、困ってしまいます」

「そうですよね」

「果たして売れるんですかね」

「どうでしょうか」

「車でまわるんですよね」

「はい」

「場所は？」

「場所はまだ決まってないんです。今日、ダルさんと決めます」

「本当に気をつけてくださいよ。居眠り運転とか駄目ですよ」

「はい」

いままでも営業中は眠くなったらすぐに車を停めてしっかり眠っていたので、その心配はしていなかった。繁太郎には、眠気に耐えてまで運転する気概などない。

「これほら、六天さんのお守りですから、車内にでもぶら下げておいてください」

「ありがとうございます」

六天さんとは、茅ヶ崎にある第六天《だいろくてん》神社だ。受け取ったお守りは白いもので、「六天神社」と金色の文字で書いてある。タカヨさんは毎日、六天さんにお参りに行っているのだ。

朝飯を食べ終えた繁太郎は、「いってまいります！」といつものように言い、荷物を詰め込んだボストンバッグを持って、自転車でダルヌル研究所に向かった。

研究所では、ダルさんとヌルさんが待っていた。ダルさんは、ずいぶん使い込んである分厚い「日本全国ロードマップ」という地図帳を繁太郎に渡した。

「これを参考にすると良いから」

ダルヌル研究所の軽ワゴン車には、カーナビがついていない。

「この地図はね、僕が昔、自転車で日本一周をしたときに使っていたものなんだ」

「どのくらい前ですか」

「三〇年くらい前かな。だから、道はだいぶ変わってしまっているでしょう。つまり道は、間違いなくこの地図よりも便利になっているはずなんだ」

「そうですよね」

「だから、『ああ、昔より便利になったんだなぁ』と感じながら使ってみれば、意外と面白いかもしれません」

「はい」

「地図を見ながら車で走っていて、『ああ、この道行けないのかよ』と思っていたものが、『え？　この山と山の間にトンネルできたの！』といった具合になっているはずだから、便利になったことを実感できるでしょ」

「はあ」

「道路のありがたみを感じるには最高なんじゃないの」

ほとんど意味がわからなかったが、繁太郎は、「なるほど」と答えた。

「お金は足りなくなったら連絡ください、繁太郎君の口座に振り込みますから」

「わかりました。それで、まずは、どこに営業に行きましょうか」

「そこなんだよね」

二人で地図を広げて眺めた。

「いやいや、日本ってのは思っているより広いですからね」

「はい」

「ほらほら、ボールペンで赤い丸の印があるでしょ」

「ありますね」

「ここは、僕がキャンプをしたところだよ」

少しも話が進まないでいると、ヌルさんがやってきて地図を覗き込んだ。

「これから営業に行ってもらうんだけど、まずはどこに行ってもらったら良いのか決まらなくてね」

するとヌルさんは、「繁太郎さん、どこか行きたいところないの？」と尋ねた。

繁太郎は、「山形が良いです」とすぐに答えた。

珍しく自分の意見を口にしたのは、もちろん山形の酒田にミナミさんがいるからだった。

ミナミさんが茅ヶ崎に遊びに来てからの二週間、繁太郎は三日に一回程度で、メッセージのやりとりをしていた。山形を営業でめぐりながら酒田にも行けたら良いと考えていたのだ。

「山形良いですね。繁太郎さんは行ったことあるの？」

「昔、天童《てんどう》でかるた大会が開かれたとき試合で行きました」

「じゃあ、山形に決定ですね」

乗り込んだ軽ワゴン車には、いつものようにボウリング球、招き猫、ロケットランチャー型のスピーカーなどが入っていた。さらに増刷したカタログが五〇〇部積まれている。

エンジンをかけて駐車場を出るとき、ダルさんとヌルさんが手を振って見送ってくれた。

国道に出たところでタカヨさんから電話がかかってきて、「まだ近くにいるのなら、お昼のおにぎりを作ったから取りに来て」と言われた。

繁太郎はいったん別荘に戻ることにした。その前に、タカヨさんからもらったお守りをポケットに入れっぱなしにしていたのを思い出し、車のバックミラーにぶら下げた。

別荘の前に着くと、門の前で待っていたタカヨさんから紙袋を渡された。

「ありがとうございます」

「本当に気をつけてくださいね」

「はい」

ふたたび車を走らせた繁太郎は、まずは東名高速に乗り、環状八号線に出た。成城の実家が近くなったが、用事はないので、東北自動車道に乗って山形を目指した。母や姉には就職したことは話したが、茅ヶ崎に来てから一度も成城の実家には戻っていなかった。

三時間くらい走ると昼どきになったので、パーキングエリアに入った。タカヨさんの作ってくれたおにぎりは、おかかと梅干しだった。卵焼きもあって、唐揚げもあった。やはりタカヨさんのごはんは美味しかった。

山形蔵王《ざおう》インターを降りてから地図を見て、山形市内を目指す。地図は古かったが、ダルさんの言うように使えないこともなかった。

市内に向かって走っていると、国道沿いにボウリング場を発見した。ずいぶん年季の入った建物で、駐車場の入り口には「寺内《てらうち》ボウリングセンター」と大きな看板があるが、錆《さ》びていて、ボロボロの電飾が屋根から外れて垂れ下がっている。だが駐車場には車が停まっていて、中の電気もついているので営業はしているようだ。

繁太郎は駐車場に車を停め、段ボールに入ったボウリングの球とカタログを持って中に入った。

入り口の階段を登ると自動ドアがあり、壊れているのか、やたらゆっくりと開いた。目の前には、埃《ほこり》まみれで毛の抜けきったライオンの剝製が置いてある。

このボウリング場には一二レーンあった。端っこの一番レーンには若者のカップルがいて、一二番レーンでは手にサポーターを巻いたおじさんがもくもくと投球していた。

カウンターに行くと、六〇代くらいのおじさんが一人、椅子に座って静かに大衆雑誌を読んでいた。

「あの、すみません」

繁太郎は球の入ったダンボール箱を下に置いた。

立ち上がったおじさんは、カウンターの前にやってきて、「ログバンレーンが空いてっからんからん」と言う。

「え？」

「ログバン」

「ログ？」

「あそこだぁ」

従業員のおじさんは六番レーンを指した。

「じゃんじゃんズンドコスンドライク出しちゃって」

繁太郎は営業する前にボウリングをする羽目になってしまった。しかし、一回でもゲームをしておいた方が好印象だし、ボールの破壊力を見せれば、きっと興味を持ってくれるはずだと思った。

六番レーンの座席に腰を下ろすと、おじさんがやってきた。

「おい、クンヅ持ってきたよん」

「くんず？」

「見たところ、あんたは、にんじゅうななセンツってところだろ」

「にんじん？」

「にんじんって何だよ」

「何でもないです」

「にんじゅうななセンツだなクンヅのサイズ」

ボウリングシューズを渡された。

「ありがとうございます」

ボウリングシューズを履いていると、おじさんはこちらをジッと見ていて、「ほらほら、ピッタリンコカンカンコロリンコだろ」と言った。

「はい？」

「こんの商売、ずっどやってでると、顔見んれば、クンヅのサイズわかっがら、いつでもどこでもピッタリンコカンカンなんの」

どうやらこのおじさんはもともとクセのある変な喋り方をする人のようで、それと山形弁が混じり合い、ますます何を言っているのかわからなくなっているのだった。

おじさんは、繁太郎の投球を見たいのか、その場でじっとしている。

ボウリングシューズを履き終わると繁太郎は、ダンボール箱からボウリング球を出した。

「マイボール持ってきたんのんの？」

「はい」

球の穴に指を入れてレーンに向き合う。レーンの先には、煤《すす》けたピンが並んでいた。

視線を感じて振り返ると、おじさんが先ほどから同じ姿勢で微動だにせず、繁太郎の投げる姿を見守っている。

「だって、マイボールだもんなかもんな」

「そうですね」

繁太郎は、おじさんの喋り方をいちいち気にするのはやめることにした。

指を突っ込んだ一四ポンドの球を胸の前で支え、ゆっくりとレーンへ向かって歩く。それから、右手を後ろに振り上げて思いきり投球した。フォームはめちゃくちゃだったが、球は勢い良く飛んでいき、「ブフォン！」と空を切る凄まじい音がした。

転がる球は、レーンの向こうで爆発音のような物音を立てた。白い煙が立ち上っている。

ピンが粉々に砕け、奥の壁に当って跳ね返り、レーンに戻ってきた。

「あらあら、何だいよ！　よいよいよいやさあ」

顎が外れたようにおじさんは口を開けている。

球は、自分が何をしているのか理解できない子供のように、レーンの上を所在なさげに右往左往している。

「化け物じゃねえがよぉ、えー、どうなってでんだぁすこ」

おじさんが興奮して叫んだ。

一番レーンと一二番レーンにいた客達も、呆気にとられている。

「すみません。球取ってきます」

レーンとレーンの間を歩き、繁太郎は球を取って戻ってきた。

「あんた、どんだけのパワーを持ってるんだってえの。こんなのさあ、ボウリング場を開いて以来の出来事だっさべえいえいえいでるわいす」

「実はこれ、僕の力ではないのです」

「はい？」

「このボウリング球が、もの凄い勢いで転がるのです」

「そうなんだがどうなんだが」

「だから僕が投げたからあんなことになったのではなくて、誰が投げてもあんなことになるんです」

「ほんどがいなすぼ？」

「投げてみますか」

球を渡されたおじさんは、綺麗なフォームで投球すると、やはりとんでもない勢いで球が転がった。向こうで激しい音がして、ピンが飛び散った。

「すんげえっぞん」

興奮が冷めやらないおじさんは何度も球を投げ、最終的に六番レーンは完全に破壊されてしまった。おじさんは大喜びで、「このタンマ欲しいぞ」と声を上げた。

「あのなあよ、三ヶ月後にはぁなあよ、このボウリング場、取り壊しになっちまうんだぁなぁ。だがらよぉ、それまでによぉ、この球でよぉ、ここをバンバカ壊しちまうってのもアリなリアルだよなあって、思えてきでんだわさ」

「取り壊しになるんですか」

「そうなんだぁよ。だがら、この球欲しいよぉ」

「このカタログで申し込んでいただければ送りますんで」

おじさんにカタログを渡すと、「いや、いんま欲しいよぉ」と言う。

「でもこれは試作品なんです」

「そうがあ、でも、カタログなんで、いらねえがらよ、すんぐさま頼んでくれねえか」

繁太郎はダルさんに電話をして、球が売れたことを伝えた。ダルさんは「やった！　凄いじゃないですか！」と喜んだ。

「それで、早速、こっちに送っていただきたいんですが、住所などを伝えるのでメモしてもらえますか。おじさん、名前と住所を教えて欲しいんですが」

「なんまえは、ひんささだきゅーぞうっちいで、じゅうしょっぺは、やんまんがたんげん、やんまんがたしい」

繁太郎には、何を言ってるのかさっぱり理解できなかったので、住所をメモに書いてもらうことにして、そのメモを読んでダルさんに伝えた。

おじさんは球を持ち上げて、あらゆる角度から眺めていた。

繁太郎が送り先を伝え終わると、ダルさんは電話越しに、「とにかく営業成功おめでとうございます」と言った。

「ありがとうございます」

「球はね、繁太郎君が持っている試作品以外に三球あるから、売れるのはあと二球です。今回売れた球は、早速明日送ります。送料は無料で良いです。なお代金は、繁太郎君がもらっておいてください」

「わかりました」

繁太郎が電話を切ると、おじさんが顔を覗きこんできた。

「んで、いんづ届ぐかね?」

「明日発送するので、明後日になると思います」

「わがった、やっだむ」

三万円を受け取った繁太郎は、領収書を書いて、寺内ボウリングセンターを後にし、市内のビジネスホテルに泊まることにした。

夜は街に出て居酒屋に入った。店に酒を飲みに行くのは、繁松郎に銀座を連れまわされていたとき以来で、これまで一人で酒を飲みに行くなんてことは一度もなかったが、営業が成功したことに興奮している自分がいて、酒を飲みたくなっていた。さらに、自分はいま仕事をしているのだという実感と、物を売った喜びが湧いていた。

瓶ビールを頼み、タコの刺身と肉じゃがを食べた。芋の煮っころがし、こんにゃく、皿うどん、お店の人に勧められるがまま、日本酒をコップで三杯飲んだら、珍しく酔っ払ってしまい、ふらふらになって居酒屋を出た。

ホテルに戻ると、ミナミさんに、「いま仕事で山形にいます。近いうちに、酒田に行くかもしれません」とメッセージを送って眠りに就いた。

翌朝はまだ酒が残っていた。スマートフォンには、メッセージが届いていた。「もしも酒田に来ることがあったら是非連絡ください」とミナミさんからの返信だった。

繁太郎はシャワーを浴びてから、朝飯を食べるためにホテルの近くの喫茶店に入った。店内は白い壁がタバコのヤニで茶色くなっていて、客は繁太郎以外に老夫婦がいるだけだった。

デニムのエプロンをしたマスターにモーニングセットを頼んでから、ダルさんに渡された地図を開いて眺めた。

しばらくすると、コーヒーを持ってきたマスターに、「ずいぶん年季の入った地図ですね」と言われた。

「そうなんです」

「どこに行かれるんですか」

「まだ決めてないんですけど、酒田には行きたいと思ってるんです」

「庄内《しょうない》の方は海があって良いですよ。鶴岡《つるおか》も良いです」

「そうですか」

「良いですね、男の一人旅なんて」

「一人旅というか、仕事なんです」

「どのようなお仕事ですか」

「いろいろ売ってます。ボウリングの球、大きなタッパー、あっそうだ」

繁太郎はカバンからカタログを取り出して、マスターに渡した。

「ダルヌル研究所商品カタログ?」

「はい」

ぺらぺらページをめくったマスターは、「ユニークなものを売ってますね」と、興味があるような顔をしている。

「所長のダルさんが発明家でして、ダルさんの発明品なんです」

「あっ！」

カタログを見ていたマスターが突然声を張り上げた。

「どうしました？」

「この招き猫良いですね。うちの嫁は招き猫を集めてまして、家に一〇〇体くらいあるんですよ」

「この招き猫は目にセンサーが入っていて、察知するとオルゴールで『猫ふんじゃった』が流れます」

「欲しいな」

「五〇〇〇円なんですけど、安いのか高いのかよくわかりませんが」

「嫁にプレゼントしようかな」

「車に実物があるので持ってきましょうか」

「お願いします」

繁太郎は駐車場に戻り、招き猫を抱えて喫茶店に戻った。マスターはそれを見て、「可愛いですね」と喜んだ。

これのどこが可愛いのか繁太郎にはわからなかった。

「買います」

「品物はそれしかないのですが、新しいのが良ければカタログで注文してください」

「いやいや、これで良いですよ」

やにわにマスターはスイッチを入れた。すると、目が赤く光り、マスターを察知してとんでもない爆音で軍艦マーチが流れはじめた。その音に客の老夫婦も驚いて、のけぞった。マスターは慌ててスイッチを切った。

「オルゴールじゃなかったの？」

「おかしいですね」

繁太郎はダルさんに電話した。招き猫から軍艦マーチが流れたことを伝えると、「それはさ、繁太郎くんに『猫ふんじゃった』のオルゴールじゃ音が小さいって前に指摘されたでしょ。だから、大黒さんと同じものを中に仕込んだのよ」とダルさんは説明した。

「オルゴールのは、音が小さいので改造したそうです」

「それにしても、音が大きすぎるよね」

「夜、店に置いておけば防犯にもなります」

「そうかそうか、昼間はスイッチを切っておいて、夜にスイッチを入れておけば良いのか」

「はい」

「そういえば、この前も近くの時計屋に泥棒が入ったんだけど、これ置いておけばびっくりして逃げるね」

「防犯対策にはばっちりです」

「買います」

「ありがとうございます」

繁太郎は五〇〇〇円を受け取って、招き猫を渡した。領収書を書いていると、マスターは早速、招き猫を店の入り口付近に設置していた。

こんなにとんとん拍子で売れてしまって良いのだろうかと思いながら、物を売った喜びがまた湧いてくる。

ダルさんの作った物が、はたして値段に見合うものなのかどうかはわからない。だが、購入してくれた人が喜んでいる姿を見るのは嬉しかった。こんな気持ちは、以前勤めていたギャラリーではまったく感じたことがなかった。

壺やアート作品を購入した人は、その物を手に入れた直接的な喜びだけではなく、選民意識や名誉欲が満たされることもある。けれども、ダルさんの商品は変な物というだけで、それらが満たされることはないだろう。

ダルさんの商品は、ギャラリーに入社した当初、無理やり読まされた美術本に書かれていた、マルセル・デュシャンのレディメイドアートというものなのかもしれないと繁太郎は思った。

デュシャンは、便器にサインして置いたり、モナリザに髭を描いたり、自転車の車輪を飾ったりしていたが、ダルさんもまた、ボウリング球や招き猫に仕掛けを付け加えている。喫茶店の入り口にある軍艦マーチが大音量で流れる招き猫を眺めていたら、もしかすると、自分はとんでもないアート作品を売っているのではないかと考えたが、すぐに違うと思った。

繁太郎は地図を確認しながら、トーストを食べてコーヒーを飲み干した。会計を済ませて店を出ようとすると、マスターは招き猫のスイッチを入れっぱなしにしていたようで、また軍艦マーチが大きな音で流れた。

車に乗り込み、途中、コンビニに寄ってお茶とクリームパンを買って、道中で食べることにした。地図を見ながら走り続けると、どんどん山道に入っていった。

この道で正しいのかと疑いながら、繁太郎はいったん車を停めて地図を眺めた。進む道は間違えていないようだが、ずっと山道を進むことになりそうだった。しかし、いま来た道を戻るのも面倒なので、このまま行くことにした。

かれこれ一時間くらい山の中を走っていると、もはや対向車とすれ違えないほど道が細くなってきた。鬱蒼《うっそう》としげる木々に囲まれて、陽《ひ》の光も差し込まず、あたりは薄暗くなっていた。

不安を覚えつつ、それでも進んでいくと前方に看板が見えた。そこにはブリキ板に黒いペンキで、「湧き水あるよ。by 原始ランド」と書いてある。

車を道の真ん中に停めた。どうせ前方からも後方からも車は来ないだろう。

湧き水は岩の割れ目からチャポチャポチャポ滲《にじ》み出ていた。その横に一メートルくらいの角材が地面に突き刺さっていて、ヒモに結ばれたプラスチックコップがぶらさがっている。

角材には、風雨にさらされてボロボロになった貼り紙が画鋲《がびょう》で留まっていた。「コップ使っても良いよ。by 原始ランド」と書いてある。「原始ランド」とはいったい何なのか。

コップに水を入れて飲んでみると、冷たくて美味しかった。岩の成分が溶け出しているのか、普通の水よりも少し硬い感じがしたが、ほんのりとした甘みが口に残った。飲めば飲むほど甘く感じられ、繁太郎は立て続けに五杯飲んだ。

あまりにも美味しいので、車の中からコンビニで買ったお茶を持ってきて、飲み干して空にし、ペットボトルに水を入れた。それから、ハンカチを濡らして首筋を拭いた。

車に戻り、旅のお供にと買ったクリームパンを食べながら、汲んだ水を飲んだ。水はパンのクリームよりも甘く感じられた。

ふと気づくと、フロントガラスの向こうにも立看板があった。

「猪出るよ、猿も出る、鹿も出る、熊も出るから注意してね。ｂｙ原始ランド」と書いてある。

繁太郎は看板を見て、繁松郎が熊と出会い、崖を転げ落ちて死んだことを思い出した。その瞬間、湧き水の出ている岩の斜面からガッサンゴッソンと大きな物音がして、黒い塊が転げ落ちてきた。

熊だった。体長は一メートル以上ある。

繁太郎にしては珍しく思わず「うわ！」と大きな声が出てしまった。熊がゆっくりと車に向かってくる。繁太郎は開いていた窓から咄嗟《とっさ》に食べていたクリームパンを投げつけた。

熊はパンの匂いを嗅いで食べはじめた。繁太郎のことを気にしている様子だったが、クリームパンの魅力には勝てないようだ。

繁太郎は車のエンジンをかけて、その場を立ち去ることにした。しかしアクセルを踏んで走り出し、すぐ先のカーブを右に曲がろうとしたとき、道の脇にある溝に左の前輪が落ちてしまった。バックミラーを覗くと、熊がこちらを見ている。ミラーにぶら下がった六天さんのお守りが揺れていた。熊はゆっくりと、もったいぶるようにしてクリームパンを食べていて、しばらくその場でゴロゴロ転がると、斜面を登って姿を消した。

タイヤは溝から抜けなかった。アクセルをふかしても、空回りして煙が上がりあたりにゴムのこげる臭いがたちこめる。

熊を警戒しながら繁太郎は外に出た。このまま熊に襲われたら繁松郎と同じことになってしまう。繁太郎は、熊が現れたのは繁松郎が仕掛けたトラップにも思えてきた。

このままではどうにもならない。助けを求めたいが、車は通りかかりそうもない。溝にはまったタイヤを持ち上げてみたが、うんともすんとも言わなかった。

あたりをうろうろすると、五〇メートルくらい先に「原始ランド入り口」という看板が見えた。その先は森が広がり木々で鬱蒼としている。繁太郎は原始ランドの入り口まで行ってみることにした。だが熊のことが心配だったので、防御できるものはないかと考え、ボストンバッグからボウリング球を取り出し、穴に指を突っ込んだ。右手にボウリング球がダラリとぶら下がっている状態で歩き出した繁太郎は、ダルさんが話していたように、いざとなったらこの球を熊に投げつければ良いと考えた。

汗が滴《したた》り、緊張で息があがってくる。森の静寂が広がり、自分の呼吸がやたら大きく聞こえた。原始ランドの入り口まで来ると、どこからともなく煙の匂いが漂ってきた。

近くで何かが燃えているらしい。煙の匂いを辿っていくと、突然、切り開かれた場所に出た。そこには木造のアーケードと、「ここだよ原始ランド」という木製看板があった。

奥には木造の小屋が建っている。一〇メートル四方の真四角な小屋で、木製の外壁にはコールタールがたっぷり塗ってあり、黒光りしている。屋根の煙突からは煙が出ていた。

小屋に近づいていくと、入り口に大きな瓶があって、覗くとびっしりと水が溜《た》まっていた。雨水を貯めたものなのだろうか。しかし、ボウフラが湧いている様子もなく、水は澄んでいる。よく見れば瓶の下がぶくぶくしていて、水が湧き出ているようだった。

突然、後ろから腕で首を締められた。繁太郎の顎の下にある腕は毛深かった。

「何者だ」

男の声だった。

「うっ、ううう」

毛深い腕は、繁太郎の首をぐいぐい締め上げていく。

「何者だ」

「ぐるじぐて、じゃべれません」

繁太郎は毛深い腕を叩いた。

さらに首に腕が強く絡まってくる。だが、ここで繁太郎の体が勝手に反応した。無田口三法流である。絡まった腕を片手で掴み、体を前方に倒して腰を強く突き上げた。すると、首を締めていた男が、繁太郎の前方へふっ飛んでいき、地面に叩きつけられた。

男は驚いた顔で繁太郎を見上げていた。髭もじゃの厳《いか》つい男だった。背中には薪を背負っていた。

「勝田繁太郎です」

「ここで何してる」

「車のタイヤが溝にはまって動かなくなったんで、助けてくれる人を探してたんです。怪しい者ではありません」

「お前の手にある、それは何だ?」

繁太郎の右手にはボウリングの球が相変わらずぶら下がっている。

「ボウリング球です」

「なんでボウリング球なんて持ってる?」

「用心のためです」

「用心? なんでボウリングの球が用心になるんだ?」

「この球、武器にもなるんです」

「武器?」

「いまから見せます」

男は立ち上がると、背は一九〇センチくらいあった。格好は、頭から麻袋《ドンゴロス》をかぶり、腰の部分を紐《ひも》で縛っている。足元は長靴だったが、原始ランドという名前を掲げているのだから、あえてこのような姿をして生活しているのかもしれない。しかし、ランドといって客を呼ぼうとしているウェルカムな雰囲気が少しも感じられない。

「持ってみますか」

球を渡そうとすると、男はたじろいだ。

「いやいや」

男は球を警戒している。

「危険じゃないの？」

「大丈夫です」

腕を出してきた男に球を手渡した。

しかし男は、球の重さの想定を見誤っていたようで、手にした瞬間、下に落としてしまった。球は長靴を履いていた男の足の甲に落ちた。

「痛え！」

男は叫び、しゃがんで足を押さえ、悶《もだ》えた。

「危険じゃねえか！」

地面に落ちた球は、小屋の脇の斜面を転がりはじめた。足を痛がっている暇もなく、男はすぐさま立ち上がり、球を追いかけた。

その後ろを繁太郎も追いかけた。球は勢いをつけて斜面を転がっていく。草花をなぎ倒し、石に跳ね、最後は五メートルくらいの高さのある木にぶつかって、そこでようやく球は止まった。

当たった木には、紫色の実がたわわになっていた。球のぶつかった衝撃で、その実が大量に落ちてきた。

水気を含んだ紫の実がベチャベチャと音をたてて潰れ、地面には紫色の汁がそこらじゅうに飛び散った。

「その球生きてるのか」

「生き物ではないです」

繁太郎は木の下にあるボウリング球を拾いに行った。地面は潰れた実で、すっかり紫に染まっていた。潰れた紫色の実に混じって、何事もなかったように球が転がっていた。繁太郎も、この球が生き物のように思えてきた。

男は怯《おび》えていた。

「やっぱ、生きてるの？」

「ただの球です。凄い勢いで転がるんです。そうだ、あなたが背負っている丸太をちょっと貸してくれますか。一〇本」

男は背負った丸太を下ろし、繁太郎に渡した。それをボウリングのピン代わりにして、小屋の脇の平坦《へいたん》な地面に並べる。

「あそこに向かって、この球を投げてください」

男は球の穴を覗き込んだ。

「そこに指を突っ込むんです」

「噛みついたりしないか」

「噛みつきやしませんから」

男は恐る恐る指を突っ込もうとした。しかし、指が太すぎて、中に入らなかった。

「困りましたね。じゃあ、両手で持って、足を広げて立って、股の下からこうやって投げるのはどうですか」

繁太郎は、小さな子供がボウリング球を投げるような方法を男に教えた。

「わかった、それでやってみよう」

男は股の間から球を放り投げた。石があちこちに転がっている土の上だが、球は勢い良く転がっていく。やがて一〇本の丸太に当たり、方々に飛び散った。男は驚いていた。

「ストライクですよ」

繁太郎が言うと、男はガッツポーズをとった。

「これ良いな」

「三万円です」

「売ってるの？」

「はい」

「そうか、これは良いな。俺は、二年前に原始ランドをオープンしたんだけど、何かアトラクションを作れないか考えていたんだ」

「そもそも原始ランドって何なんですか」

「原始に近い生活ができるような場所で楽しんでもらいたいという、ランドだ」

「楽しんでもらうにしては、僕が来たとき、後ろから首を絞められましたけど」

「あれもはじまりの儀式だ。見知らぬ土地に入ったら、まずは襲撃されるだろ」

「あれもアトラクションだったんですか」

「そうだ」

「いままで来た人にも、ああやって首を絞めたんですか」

「絞めたよ。腕を外したら、皆逃げていったけど」

「当たり前ですよ」

「でも、お前逃げなかったろ。大概の奴は首を絞めたら逃げていくんだ」

「逃げられなかったんですもん」

「つうか、抵抗してきたのもお前が初めてだ」

「そうですか」

「お前は原始ランドに遊びに来たんだろ。ようこそ原始ランドへ」

「いやさっきも言ったように、車のタイヤが溝にはまって動かなくなってしまったから、助けを求めに来たんです」

「どこの溝だ」

「湧き水の近くの」

「あそこか。あの湧き水、俺が発見したんだ」

「コップを置いたのもあなたですか」

「そうだ。で、その先で車が立ち往生したんだな」

男はニタリとした。

「はい」

「じゃあ、何でこんなボウリング球を持ってるんだ」

「熊が出たらと思って」

「熊、出るぞ、ここらは」

「さっき見ました。だから熊が出たら、この球を投げようかと」

「しかし、その球は良いぞ。パワーがあるから土の上でも簡単に転がっていくしな」

「はい」

「原始ランドのアトラクションとして、さっきみたいに丸太のピンを立てて、地面の上でボウリングやったら面白いんじゃないか」

「そうですね」

「よっし、俺は、原始ランドにボウリングアトラクションを作る」

「良いですね」

「原始的な土のレーンだから、勢いのある球が必要だ。球は二つ買おう」

「いま持ってるのは試作品なんで、カタログで注文してもらうことになります」

「わかった。カタログを見せろ」

「カタログは車の中です。でもその前に、溝にはまった車をなんとかして欲しいのですが」

「大丈夫だ」

男は、小屋の裏に停めてあったトラクターを出してきた。二人はそれに乗った。

現場に到着すると、男は器用な手さばきで、ロープを軽ワゴンにくくりつけ、トラクターに乗り込んでぐいぐいと車を引っ張った。タイヤは簡単に溝から抜けた。ずいぶん手慣れたものだった。

「ありがとうございます」

「この溝ははまりやすいだろ、つうか、実は俺が作った溝なんだけど」

「は？」

「カーブするとき、溝にタイヤがはまりやすくなってるんだ。運転の上手い奴は回避できるけど」

「何で溝を作ったんですか」

「溝にはまれば、動かなくなった車を置いて、助けを求めて原始ランドに来る奴がいるんじゃないかと思ってな」

繁太郎は、男にまんまと嵌《は》められてしまったらしい。

「でも車が通ることなんて一ヶ月にいっぺんくらいだし、ここを通るのは地元の人ばかりだから、誰も溝なんかにはまらねんだよ」

繁太郎は車からカタログを取り出して男に手渡した。

「ボウリングの球はこのカタログに載ってます。後ろのページに連絡先があるので、電話かインターネットで注文できます」

「原始ランドにインターネットはない」

「電話は？」

「携帯電話を持ってるけど、ここじゃつながらねえ」

「原始なのに携帯電話を持ってるんですか」

「この場が原始なわけで、俺は原始人じゃねえ」

「すみません」

「だから携帯電話も持ってるし、車も運転するし、町に出て買い物するし、自宅にはインターネットだってある」

「それなら町に出たとき、もしくは自宅に帰ったときに注文してください」

「そうするつもりだ」

男はカタログをペラペラめくった。

「つうか、何だ、このどでかいタッパー」

「大きいです。人間も入れます」

「捕まえた猪とか入れておけるんじゃねえの」

「はい」

「棺桶《かんおけ》みてえだな。いやいや、すごいね。つうか、なんだこのバズーカは！」

「それはスピーカーです。電源を入れると、大きな爆発音と共に音楽が鳴ります」

「猿よけになるんじゃねえのか。つうかこれ、全部あんたが考えたの？」

「いえ、ダルさんという方が発明してます」

「天才じゃねえかそいつ。とんでもねえ奴だ。是非、原始ランドに招待したい」

「わかりました。ダルさんに伝えます」

「で、あんた、どこ行くんだっけ」

「庄内の方へ向かってます。でも道がわからなくて」

「大丈夫だよ。ここをまっすぐ行けば着くよ、あと一時間くらいじゃねえか。でも、この先は鹿が出るから、激突しないように気をつけろよ。まあ、激突したら俺がすぐ行ってさばいてやっからさ。鹿の肉は美味いんだ。刺身もいけるよ」

「奥山にぃ〜紅葉踏みわけ鳴く鹿のぉ〜声聞くときぞ秋は悲しき」

「は？」

「百人一首です。鹿といえばと思って。では、さようなら」

繁太郎は、興奮して喋り続けたそうな男を煙《けむ》に巻き、そそくさと車に乗り込んだ。

バックミラーを覗くと、男は去っていく車をじっと見つめていた。

三〇分ほど走ると、ようやく舗装された道路に合流した。繁太郎は山の中を迂回《うかい》する脇道を走っていたようで、山道の入り口には、「原始ランドはこっちだ！」と木の板に赤い文字で書かれた看板があった。あれを見て行ってみようと思うのは、相当稀有《けう》な人だ。

さらに三〇分くらい進んでいくと、山を降り、田んぼの広がる平たい土地になった。視界の先に鶴岡の街並みが見えてきた。

すでに一六時を過ぎていて、その日は鶴岡のビジネスホテルに宿をとった。チェックインして部屋に入ると、ダルさんから電話があった。

「繁太郎君、君の営業能力はピカイチですね」

「どうしました？」

「巨大タッパーが売れちゃいました」

「え？」

「先ほど原始ランドとかいうところから電話がかかってきて、注文を受けました。訊けば、繁太郎君が営業に来たと話してました。でも、その後一時間くらいずっと話されて、ちょっと疲れました」

「一時間もですか」

話好きなダルさんが疲れるのは相当なもんだと繁太郎は思った。

「これからボウリングのレーンを作るので、完成したら球も購入したいとのことでした。それで完成した暁《あかつき》には、お披露目のときに私と繁太郎君を是非招待したいそうです」

「そうですか」

「とにかく、繁太郎君は凄いです。二日間で商品を三つも売ってしまうなんて、営業の才能ありありです」

「たいしたことは何もしてないんですけどね」

「たいしたことしてないのに売っちゃうなんて、それ才能ですよ」

時刻は一七時になっていた。繁太郎はシャワーを浴びて街に出た。飯を食うところを探してうろうろしていると、道の先に居酒屋らしきものが見えた。

昨夜もそうだが、晩酌をしたい気分になることなどこれまでなかった繁太郎は、労働の喜びや、営業が上手くいくと酒が飲みたくなることがわかった。

店内のカウンター席は七人の客で混み合っていた。ちょうど一席空いていたので、そこに座ると、女将《おかみ》さんがやってきて注文を取った。

繁太郎は瓶ビールを頼み、茹でたゲソとアジの刺身とポテトグラタンを注文した。

コップにビールを注いでいると、「今日は暑かったですね」と隣のおじさんが話しかけてきた。年齢は六〇歳くらいだろうか、ギョロリとした目つきで、オールバックにした髪の毛がポマードで光っていた。

カウンターに詰めて座っているので、必然的に隣の客と近くなり喋ることになる。

「雰囲気からして、地元の人じゃないですね。どこから来ましたか」

「神奈川県の茅ヶ崎から来ました」

「そうですか、ようこそいらっしゃいました」

男は、「山野常吉《やまのつねきち》です」と名乗り、名刺を差し出して、肥料を製造販売する会社を経営していると説明した。こちらが質問しているわけでもないのに、自分のことをベラベラ話し出すタイプの人間らしい。

繁太郎が、茹でたゲソに箸を伸ばして口に入れると、「美味しいでしょ」とすかさず言ってきた。本当に美味しかったのでゆっくり味わいたかったが、隣の男のおしゃべりは止まらない。

「このお店では、是非最後に鮭《さけ》のチャーハンを食べてください。鮭のチャーハンはシメに最高ですよ。他にもいろいろなメニューがあります。焼鳥もお勧めですね。また季節によっては山菜の天ぷらなどもありますが、これも美味です。そういえば最上川《もがみがわ》はご覧になりましたか。見てなければ是非ご覧になって欲しいものです」

男は、焼酎の水割りをゴクリと飲んだ。一緒に氷も口に入れてガリガリ齧って、また喋り出した。

「ところで最上川といえば、あなたは、最上川の義経《よしつね》伝説を知っていますか」

「知りません」

「義経の最期は、モンゴルに渡ってチンギス・ハーンになって亡くなったと言われることもありますが、私の中で有力なのは、山形に逃げてきて、最上川の船頭になったというものです。そしてなんと、山伏になり、最期は即身仏になったのです。いやこれ、有力な説というのではなく、事実です。あなた、庄内地方に来たのならば即身仏は必見ですが、もう見ましたか」

「いえ。即身仏って、ミイラですよね」

「ミイラなんて言ってはいけません。即身仏はミイラではありません。ミイラは、内臓を抜いて、死体からあのようなものを作るわけですが、即身仏は、修行して人間のまま仏様になっていくのです」

「そうなんですか」

運ばれてきたアジの刺身は、新鮮で美味しかった。せっかく覚えた晩酌を一人で楽しみたい繁太郎であったが、男のお喋りは止まらない。

「ここだけの話なんですが」

男が声のトーンを落とした。

「生き返った即身仏というのを、あなたはご存じですか」

「いえ」

「実は生き返った即身仏がいるのです」

「苦労して即身仏になったのに、また生き返ったってことですか」

「そうです」

「ゾンビみたいですね」

「ゾンビなんて言ってはいけません」

「すみません」

「ここだけの話です。その生き返った即身仏は、現在天狗《てんぐ》となり、地上で皆を救おうとしています」

話していることがどんどんわからなくなってきた。

「ところであなた、天狗と聞いて、何か思い当たることはありませんか」

「さあ」

「義経は子供の頃、つまり牛若丸の頃に、鞍馬山《くらまやま》で天狗に武芸を教わりましたよね。天狗に育てられたと言っても良いのです」

「そうなんですか」

「つまり、その生き返った即身仏というのが、実は義経なのです。義経は山形にやってきて山伏となり、土中に入って即身仏となり、現在、蘇《よみがえ》って天狗になったのです」

「ずいぶんと長い時間をかけて頑張ったんですね」

「そうなんです」

男は酒をグイッと煽《あお》って、繁太郎に顔を近づけた。

「会いたいですか」

「え？」

「天狗に会いたいですか」

「会いたくないです」

男は別の名刺をまた差し出してきた。

「ここに行けば会えるかもしれません」

名刺には真ん中に黒い丸「●」が描いてあり、その下に「黒丸協会《くろまるきょうかい》」とあった。

「くろまるきょうかい？」

「はい、鶴岡に事務所があります。名刺の裏に住所が書いてあります。もし興味があったら是非、行ってみるべきです」

繁太郎は、名刺の「●」が、ボウリング球のように見えてきた。

「なんなら私がお連れします」

そこへお店の女将さんが会話に割って入り、「ちょっと、ツネさん」と男を睨《にら》んだ。

「お店で宗教の勧誘はやめてくださいって言ってるじゃないですか」

「いや、宗教ではないんですよ。これはあくまで、有志による集会ですから」

「同じですよ。それにね、こちらのお客さん、一人でゆっくり飲みたいのかもしれないんだから、ちょっと静かにしてあげたら」

「すみません」

男は繁太郎に頭を下げ、コップに入った酒を一気に飲み干して立ち上がった。

「じゃあ私、そろそろ行きますんで、お会計お願いします」

男は会計を済ませた後も、女将さんと何やらやりとりをしていた。それから自分の座っていた席に置いていたセカンドバッグを手にして、「興味があったら是非」と念を押して、店を出ていった。

女将さんが繁太郎の前にやってきた。

「すみませんね。面倒な人にとっつかまっちゃって」

「いえいえ」

「悪い人じゃないんだけど、新しいお客さんが来ると話しはじめちゃうんですよ、義経の即身仏の話」

「あれ、本当なんですか」

「本当のはずないじゃないですか。噂《うわさ》では詐欺かなんかで捕まったことがある人が、はじめたらしいですよ」

「あのおじさんは信者なんですね」

「そうなの。五年くらい前から本とかチラシを持ってきて、置かせてくれとか言うんだけど、それはやめてってていつも断ってんの。お酒を飲みに来るだけなら、普通の良いお客さんなんだけどね。あとね、お客さんのここまでの注文した分は、ツネさんに払っておいてもらったから」

「え？　良いんですか」

「良いのよ、話し相手になってあげたんだから」

繁太郎は、女将さんに勧められた日本酒を飲んで、最後は鮭のチャーハンを食べて、ホテルに戻った。

翌朝は九時にホテルの食堂で朝飯を済ませ、鶴岡の街で営業するため車に乗り込んだ。雑貨屋や文房具屋に入って営業してみたが、カタログを渡すと一様に怪訝そうな顔をされるだけだった。他にもカメラ屋、魚屋、ケーキ屋などにも行ってカタログを置いてきた。

昼は、街の蕎麦屋でカレー丼を食べ、「さて、どうしようか」と考えていると、昨晩、居酒屋でもらった名刺のことを思い出した。

繁太郎は財布から名刺を取り出した。「●黒丸協会」とある。「●」を眺めれば眺めるほど、ボウリング球に見えてきた。

宗教団体だとしたら、営業は面倒になるかもしれないと思ったが、もしかしたらボウリング球が売れる可能性もあるし、ダルヌル研究所に貢献したいという気持ちの方が大きかったので、午後は「●黒丸協会」へ営業に行ってみることにした。

ホテルに連絡し、延泊することを告げて、スマートフォンの地図アプリに名刺の住所を入力して車を走らせた。一〇分くらいで目的の場所に着いた。そこは、住宅地にある普通の一軒家で、表札のところに、「●」のマークがあった。

家の前に車を停め、ボウリング球をボストンバッグに入れて呼び鈴を鳴らすと、Tシャツに短パン姿の若い女が家の中から出てきた。

「どちらさまですか」

「昨晩、こちらの名刺をいただきまして、少しお話ししたいことがありまして」

「はあ」

「こちらは、黒丸協会というところですよね」

「まあ、そうですけど」

「それで、協会の方にお会いしたいんです。あなたは協会の方ですか」

「違います」

「協会の方はいますか」

「はあ」

「会えますかね」

女は面倒くさそうな顔をしてふり返り、「なんか、父さんに会いたいとかいう人が来てんだけど、どうする」と家の中に向かって呼びかけた。

「あがってもらって」

家の奥から男の声がした。

「どうぞ」

玄関で靴を脱いで、女の後をついてつきあたりの部屋に入ると、ステテコ姿のおっさんが座布団にあぐらをかいて座っていた。上向きの鼻に、ちょび髭、くりくりした目で、ずいぶん愛嬌のある顔をしている。

「座って」

「ありがとうございます」

繁太郎は座布団に腰を下ろした。

「で、何だい？」

「昨晩、鶴岡の居酒屋で飲んでたら、山野常吉さんという方と会いまして」

「ああ、常吉さん」

「その方に、こちらの名刺をもらったんです」

「そうか。でも、こちらの名刺ってどの名刺だ？　俺は違う名刺を二〇種類くらい持ってるから」

「黒丸協会のです」

「じゃあ、俺の名前は黒田丸男《くろだまるお》だ」

「黒田さんですね」

「ああ」

「黒丸協会がどういう組織なのかはよく知らないのですが、昨晩、源義経が即身仏になってどうのこうの、という話を常吉さんから聞いたんです」

「そうだよ、義経様が即身仏になって蘇ったんだ。それを研究してるんだ。でも蘇ったは良いけれど、義経様はいま繭《まゆ》のような黒い丸の中に入っていて、いつの日かそこから弾け出してくるんだ。ほら、あれ見てみろ」

部屋の壁には、黒い丸が描かれた布が飾ってあった。

「あそこに入ってるんですか」

「いや、あれは布だから。その黒い丸が最上川のどこかにあるはずなんだ。でな、あの布は一枚一万円で売ってる。あれを拝んでいれば、義経様が蘇ったとき、あの布を拝んでいた者が優先的にご利益に授かれるってわけだ」

先ほどの女が、繁太郎に麦茶を持ってきた。

繁太郎はボストンバッグから、おもむろに球を取り出した。

「これなんですが」

「おいおい、黒丸か」

「いやこれは黒丸じゃないんです。ボウリングの球です。でも、普通の球と違って、凄い勢いで転がるんです。だから、ちょっと見て欲しいんです」

「凄い勢いで転がる？」

「部屋の中だといろいろ壊しちゃうかもしれないので、外に出られますか」

「いいよ」

二人は家の裏庭に出た。

「何か、頑丈なものというか、壊して良いものはありますかね」

「壊して良いもの？」

「凄い勢いで転がるんで」

黒田は庭のブロック塀を指した。

「じゃあ、あそこに向かって投げてみろよ」

「塀が壊れちゃいますよ」

「コンクリートブロックだぞ」

「はい」

「やってみろよ」

「自分で投げてみませんか」

「良いよ」

黒田は七メートルくらい先にある塀に向かって球を転がした。

塀に当たると鈍い音を立て、コンクリを粉々にして、穴を空けて敷地の外に転がっていった。

「えっ？」

黒田は驚いて、口が開きっぱなしになっている。

「何これ」

「勢いが凄いんです」

繁太郎は道路に転がり出た球を取りに行き、庭に戻った。家のベランダから、先ほどの女がこちらを眺めている。黒田は繁太郎が手にした球を指した。

「それ欲しいよ」

「この球は試作品なので、もし購入したければ、ダルヌル研究所に電話してみてください」

そう言って、黒田にカタログを差し出した。

「いくらなの？」

「三万円ですけど」

「電話したらすぐに発送してくれるの」

「はい」

「あのさ、現在、黒丸協会には二三人の協会員がいるんだ。だから球を仕入れたら、協会員に三〇万とかで売れると思うんだけど、大量注文したら割引とかあるのかね？」

「一つ三〇万円で売るんですか」

「そうだよ」

「あくどいこと考えてますね」

「そっちだって大量に売れたら良いじゃないか。とにかく割引とかあるのかね」

「それも電話して訊いてみてください」

「あとさ、特別な加工とかもできるのかね？」

「加工？」

「これ、穴が空いてるから、いかにもボウリング球っぽいだろ」

「だってボウリング球ですから」

「そうなんだけど、穴をなくして、もっと黒光りさせるとかできないの？」

「できると思いますが、それも電話して訊いてみてください」

「わかった。とにかく、ここに電話すりゃ良いのな」

「そうしてください」

繁太郎は、黒田の家を後にして、いったんホテルに戻り部屋で休んでいると、ダルさんから電話がかかってきた。

「ボウリング球二三個の注文があったけど、繁太郎君、恐るべき営業術だね、どうしちゃったの！」

黒田が電話して頼んだらしい。しかしダルさんは、「でも、断ったから」と言った。

「断った？」

「二三個なんて作れないもん。それになんだかちょっと怪しい人だったんだ。電話越しでも胡散臭いのが伝わったからさ。あれ、宗教か自己啓発か何かでしょ」

さすがダルさんだと繁太郎は思った。

「たぶんそうだと思います」

「やっぱりね。僕の姉はああいうのに引っかかって、高い壺を買わされて大変な目に遭ったことがあるからよくわかるんだ。僕はああいうの断固反対で、危うくその一端を担うことになりそうだったから、断って正解だったね」

繁太郎はダルさんの姉が買わされたという壺の話が気になった。まがりなりにも、自分の祖父は高い壺を作って売っていた。さらに、自分はその壺を壊して、借金を背負わされている。壺の価値とはいったい何なのか、ますますわからなくなってきた。

「とにかく、お疲れ様。今回は、繁太郎君がせっかく営業してくれたのに僕が断ったわけだから、もう繁太郎くんは営業目標達成したってことにして良いです」

「え？」

「商品を五個売ったら戻ってきて良いという約束だったでしょ」

「はい」

「ですから本日の分で、すでに二六個売ったようなもんです」

「そういう考えで良いんですか」

「良いです。とにかく出張はこれでおしまいです。ゆっくり帰ってきてください」

曖昧な達成感ではあったが、それでも目標に達したということが嬉しくて、夜はホテルの近くの中華料理屋に行き、餃子《ギョーザ》とビールで一杯やることにした。

本来なら翌日は酒田で営業をして、その後、ミナミさんに会いたいと思っていたのだが、ダルさんに「出張はこれでおしまいです」と言われてしまったので、茅ヶ崎に戻らなくてはならない。しかしこの機会を逃すと、ミナミさんにはいつ会えるかわからない。それに、キスしてもらったことの不可解さはいまだに何の解消もされていない。

繁太郎は、ピータン豆腐ともう一本ビールを注文してから、「いま営業で鶴岡にいます。明日は酒田に行こうと思いますが、ミナミさんの予定はどうですか」とメッセージを送った。

ダルさんには「明日は、鶴岡と酒田を観光してからもう一泊して、明後日戻りたいのですが、良いですか」とメッセージを送った。「はいはい。観光しまくってきてください。でも観光大使になりたいなんて言い出さないように！」と返信が来た。これで、明日一日は丸々空けることができる。

ピータンを箸で摘んでいると、ミナミさんから返信が来た。「本当ですか！　明日は、午前中に母を病院に連れて行きますが、午後は夕方まで空いてます。その間で良ければ、酒田を案内します」とある。

その後もやりとりして、一二時に酒田の駅前で待ち合わせることにした。

翌日、酒田の駅前に車を停めた。しばらくすると、オレンジの車体に黒の字で「ダルヌル研究所」と書かれた軽ワゴン車に気づいたミナミさんが笑いながら近づいてきた。車体の特徴は、昨日、繁太郎がメッセージを送って伝えておいた。

ミナミさんはジーパンに青いシャツで、茅ヶ崎に来たときとほぼ同じ服装だった。

「派手な車ですね」

「乗るの恥ずかしくないですか」

「いいえ」

特に気にしない様子のミナミさんは車に乗り込み、「お昼食べました？」と訊いてきた。

「まだです」

「じゃあワンタン麺食べません？　好きですか」

「ワンタン麺は好きというか嫌いではないですけど、あんまり食べたことはないですね。でも、どうなんだ、ラーメンにワンタンが……」

まどろっこしくなる繁太郎の性格をミナミさんは知っていたので、「もうワンタン麺に決定、食べに行きましょう」と返事を待たずに決めた。

街中のパーキングに車を停めて、二人は古い食堂に入った。ミナミさんは、繁太郎には何も聞かず、すぐさまワンタン麺を注文した。

「ワンタン麺って、ラーメンにワンタンが入ってるんですよね」

「そうですよ」

「別々じゃダメなんですか」

「ダメです」

運ばれてきたワンタン麺は、シンプルだけど味わい深いものだった。さらに麺も美味しく、スープと絡まるワンタンもまた絶妙な味わいを出している。

「ワンタン麺ってこんなに美味しいものでしたっけ？」

「美味しいんです」

「麺を食べつつ、また違う味わいの食感のワンタンを口に入れると、本来バラバラのものが口の中で同じになるというか。でも、僕は何を言ってるんだ。とにかく、何だこれ、素晴らしく美味しいです」

「そうでしょう」

ミナミさんは、勢い良く麺をすする繁太郎を見て微笑んでいた。

食後、二人は山居倉庫《さんきょそうこ》に向かった。ここは酒田の有名な観光スポットで、明治時代に作られた木造の大きな米蔵が並んでいる。周囲には倉庫を覆うように大きなケヤキ並木がある。

二人は敷地内のオープンカフェに入り、コーヒーを頼んだ。

繁太郎は、ダルヌル研究所の話、ダン之介の話、そして、この三日間に出会ったけったいな人達の話をした。自分でも驚くくらいお喋りになっていた。

これまでメッセージだけのやりとりだったので、直接話したいという欲求が溜まっていたが、人生でこんなにも人と話したいと思ったのは、ミナミさんが初めてだった。

「本当に、この三日間で出会ったのは、変人ばかりでした」

「それは繁太郎さんが引き寄せているんじゃないですか」

「そういう人をですか」

「だって、繁太郎さんも、見方によれば相当変人ですから」

「そうですかね」

「我が道を行くというか、かなりマイペースですよね。他の人に何と言われようと関係ないというか」

「それは、自分勝手で気遣いができないってことですよね」

「そこまでは言ってないけど」

「以前、祖父に言われたんですよ。自分では、いまいちよくわからないんですけどね。いままでの人生を思い返してみたら、確かに他人のことはあんまり考えてなかったなと、少し反省もしました」

「でも根本は優しいんですよ、繁太郎さんは。気遣いと優しさはちょっと違いますもん」

「そうですかね。でも最近は、なんというか、好きな人ができると、その人に対しては気遣いというものができるのかなとも思うようになりました。いや気遣いというか、相手が嬉しそうな顔をしているのを見たいのかもしれません」

「繁太郎さん好きな人いるんですか」

「好きな人というか、まだわかんないんですけど、多分好きなんです。ミナミさんのこと」

「わたし？」

「はい」

「でも、多分って何ですか」

「それ余計でした？」

「余計です。わたしも繁太郎さんのこと好きですよ」

「その好きは、どのように好きなのか知りたいところですが、別にいま答えなくても良いです」

「うん」

「ただ、不可解なことがあって」

「はい？」

「この前、茅ヶ崎に来たとき、ミナミさんキスしてくれましたよね」

「うん」

「あれ何だったんですか」

「何だったって言われても、そんな雰囲気になったからでしょ」

「キスって雰囲気でしちゃうもんなんですか」

「そうでしょ」

「そうなんですか。僕は接吻《せっぷん》のことはよくわからないので」

「接吻って」

「キスのことがよくわからないんです」

「もしかして繁太郎さん、ファーストキスだったの」

「そうです。そういうことになっちゃったんです。二六歳にして困ったもんですけど」

「そうなのか。ファーストキスをわたしが奪っちゃったのか」

「すみません、別にカマトトぶってるわけじゃないんですけど、キスをしてもらった後の気持ちが、どうにも整理できなくて」

「整理って?」

「ミナミさんの気持ちがわからなくて」

「だから繁太郎さんのこと好きってことですよ。女の人はまどろっこしいの嫌いですよ」

「そうなのか、僕もミナミさんのことが好きです」

「うん」

「ミナミさんはいつ東京に戻るんですか」

「それがね、ちょっとまだわからないの。母は退院したけど、病院にはまだ通ってるし、店の手伝いをしてたら、帰るタイミングをつかめなくなっちゃって」

「そうですか」

「でも、あの茅ヶ崎の別荘にはまた行きたいなあ、タカヨさんにごはんも習いたいし」

「今年中に、また遊びに来てください」

「そうですね」

二人は、山居倉庫のケヤキ並木を手をつないで歩いた。もちろん、ミナミさんから手を握った。その後、港に出て、海産物を売っているお店に立ち寄った。ここで繁太郎はタカヨさんに電話をした。

「何ですって、酒田にいるんですか！　それもミナミさんも一緒！　酒田に行くなら言ってくださいよ。私も行きたかったですよ。山居倉庫行きましたか。あそこは絶対行ってくださいよ。『おしん』にも出てきたんですよ――」

「山居倉庫はさっき行きました」

興奮するタカヨさんを落ち着かせ、繁太郎は、タカヨさんに欲しい海産物や乾物、調味料を聞き、それらを購入してクール宅急便の発泡スチロールの箱に詰めて発送した。

ミナミさんはこれから酒場の手伝いがあるので、繁太郎は店まで送り届けた。そして仕事が終わったら一緒に飲みに行き、カラオケにも行こうと約束した。ミナミさんは「茅ヶ崎に背を向けて」を覚えたという。

「じゃあ、原坊さんのパートをお願いします」

「任せてください」

繁太郎は、嬉しさと緊張で興奮していた。「カラオケに行った後、もしかすると……」と考えはじめ、高校生の頃、同級生が話していた童貞の心得を思い出そうとしたが、何も思い出せなかった。未知の世界へ踏み出すような気持ちでもあった。目をつぶるとあの幻の女が光り出し、脂汗が滲んだ。

予約したビジネスホテルへ行きチェックインしてからも、ミナミさんのことを考えるたびに、体が火照《ほて》って仕方がない。無理やり冷たいシャワーを浴びて、ベッドで横になっていたら一八時半になっていた。ミナミさんの実家の酒場は一七時半から開店していると聞いていたので、繁太郎は急いで着替えてホテルを出た。

ミナミさんの実家の「くし村酒場」は、赤提灯のぶら下がる風情のある佇まいで、隣は酒屋になっていた。この酒屋は歴史があって、一〇〇年前から続く老舗だ。併設している酒場の方も五〇年以上前から営業していて、地元の人に愛され続けている。

店内はコの字のカウンターがあり、互いに見知らぬ客達が向き合って酒を飲むので、地元の人も旅行者も、すぐに打ちとけた雰囲気になる。

「いらっしゃいませ！」

エプロンをしたミナミさんがいた。銀座で働いていたときと異なる雰囲気だが、繁太郎はこのギャップにも心を打たれてしまった。

「繁太郎さん、そこに席取っておいたから座ってください」

コの字のカウンターの真ん中の席にはすでに箸と皿が置いてある。

メニューを見て、まずは好物のゲソ焼きとビールを頼んだ。他にもいわしのつみれ汁、しめ鯖《さば》など、どれもシンプルだが丁寧に作られていて美味しかった。

店でもミナミさんと喋れると思っていた繁太郎であったが、お父さんと二人でまわしている店はかなり忙しくて、ミナミさんは繁太郎の相手をしている暇もなかった。だが仕事が終わったら一緒に飲みに行けるし、カラオケにも行ける。その後はどうなるかわからない、などと思うとまた緊張してしまい、繁太郎は日本酒をぐびぐび飲んでいた。

このお店の閉店時間は二二時で酒場としては早かったが、六時半から約二時間半、一人でハイペースで飲み続けていた繁太郎はべろべろに酔っ払ってしまい、とうとうカウンターに突っ伏して眠りはじめてしまった。

「繁太郎さん！」とミナミさんに肩を叩かれて、繁太郎は目を覚まして顔を上げた。

「うちの父は怖いんです。店で寝ているお客さんは、追い出されちゃうんですよ」

「そうですか、すみません」

厨房《ちゅうぼう》では、厳つい顔をした、いがぐり頭のお父さんが繁太郎を睨んでいた。

だが、ふたたびガクンと頭が落ちて眠りそうになってしまった。

「大丈夫ですか」

「ちょっとぉ、だいじょうぶではないかもしれません。んじゃあ、んでぇ、このあとぉ、ミナミさん、どこにぃ、のみにぃ、いきましょうかぁ」

「そんな状態じゃ行けないでしょ」

「ん〜、どうでぇしょうか、んじゃ、いまからホテルぅに戻って、ちょっとぉ休みますんで、ミナミさん、仕事ぉ終わったらぁ、連絡くださいな」

「わかりました」

繁太郎は会計を済ませて、ホテルに戻った。そしてベッドに横になり、そのまま眠ってしまった。

寝ていると、頭上の電話が鳴った。ミナミさんからだった。

「繁太郎さん、大丈夫ですか、いま下にいるんですけど」

「ああ、いま行きます！」

繁太郎は急いで部屋を出た。通路に出ると窓の外は明るかった。すでに朝になっていた。

ロビーではミナミさんが待っていた。

「すいません、起こしちゃって」

「いやいや、朝になっちゃってました」

「昨日、何度も電話したけど、繁太郎さん出なくて、無理だと思って諦めました」

「すみません。いやあ寝てしまった。なんとしたことか……」

「繁太郎さん、今日戻るって聞いてたから、本当は昨晩渡そうと思ってたんですけど、これ持って帰ってください」

ミナミさんから、木の箱に入った山形名産のさくらんぼを渡された。

「ありがとうございます」

「今度はゆっくり時間を取れるようにするから。また遊びに来てください」

「はい、ミナミさんも茅ヶ崎に来てください」

「わかりました。また連絡しますね」

ミナミさんは、母親を車に乗せたまま待たせていて、病院に行く途中のようだった。

繁太郎はホテルの前で車を見送った。

呆気なかった。ミナミさんとの妄想を膨らませすぎて、大量に酒を飲んだ自分が馬鹿だった。本来ならミナミさんの仕事が終わるまで、酒の量を調整してゆっくり待つこともできたはずだ。しかし緊張を紛らわそうと飲みすぎてしまった。ミナミさんだって、仕事が終わったら自分とお酒を飲みたいと思っていたかもしれない。カラオケで「茅ヶ崎に背を向けて」を唄いたかったかもしれない。つまりこれは、ミナミさんに対する自身の気遣いのなさが招いたものだ。繁太郎は心底情けなくなってきた。

熱いシャワーを浴びて目を覚まし、朝飯を食べて、一〇時にホテルを出発した。

助手席にミナミさんからもらったさくらんぼを置いて車を走らせた。さくらんぼを見るたびに、残念無念の気持ちがつのって、情けなくなる。取り返しのつかないほどミナミさんに申し訳ないことをしてしまったと感じる。だが繁太郎には、枇杷と同じくさくらんぼにもアレルギーがあるのだった。

帰りは、ダルさんの地図を頼りにせず、自分のスマートフォンで調べて、高速道路を使って戻ることにした。庄内空港インターから高速に乗って、山形、東北自動車道を行き、圏央道を走るルートだった。山形に来るときは、茅ヶ崎から環八に出たが、スマートフォンのルート案内によれば、ひたすら圏央道を通って行った方が近いということがわかった。

山形市内を過ぎて東北自動車道に入る頃には昼どきになり、サービスエリアに立ち寄って蕎麦を食べた。食事を終えて、ソフトクリームを買ってベンチで休んでいると、スマートフォンに登録されていない見知らぬ電話番号からかかってきた。

「もしもし?」

「あの、こちら、勝田繁松郎さんのお孫さんの電話かな」

「はい」

「繁松郎さんの工房のホワイトボードに電話番号が書いてあったから、かけさせてもらったんだけど、繁太郎さんだね」

「そうです」

「自分は、檜原村に住んでる二瓶というもんだが」

「二瓶さんですね、知ってます。祖父が生前とてもお世話になっていたそうで」

「いやいや、こちらも世話んなってたんだけどもさ。それでね、檜原村の工房は繁太郎さんが継ぐって聞いたんだけど、庭の草はボーボーになっちまってるし、工房の中も空気を入れ替えた方が良いと思うんだ。以前は、俺が工房の手入れだとかを任されてて、あれこれやってたんだけど、持ち主が替わったからさ、勝手にやって良いものかと思ってね。それに、まだ繁松郎さんの物とかもあるからさ、こっちに一度、来てもらった方が良いと思うんだな」

「ずっと放ったらかしで、すみません」

繁太郎は、先ほど地図を確認していたとき、圏央道にあきる野インターがあったことを思い出した。あきる野インターを出て、山道を三〇分くらい走れば、檜原村に着くはずだ。

「それなら、いまから、そっちへ行こうかと思います」

「へっ、いまから?」

「あと四時間か五時間くらいで、着くと思うんです。いま出先なんですが、その帰り道で圏央道を走って、あきる野インターを通るので寄りたいと思います」

「そうかい。じゃあ、待ってるよ」

繁太郎は休まず車を走らせた。子供の頃、秘露庵に何度も来たことがあったので、場所はだいたい覚えていたし、繁松郎が死ぬ前に訪ねる約束をしていたので、住所はスマートフォンにメモしてあった。

あきる野インターを下りてから四〇分ほど走って秘露庵が見えてきた頃には、あたりはすっかり暗くなっていた。車で坂道を登ると、ライトに照らされた先に見覚えのある小屋が見えてきた。

鍵は、玄関脇に置かれた狸の置物の金玉袋にあるのを繁太郎は覚えていた。車を降りて狸の中に手を突っ込み、金玉の裏を探ると鍵は簡単に見つかった。

秘露庵の中に入り、工房の灯りをつけて、二階に上がって窓を開けた。しばらくすると車のライトが部屋の中に差し込んできて、甲高いエンジン音を鳴らしながら軽トラックがやってきた。

二瓶さんだった。

繁太郎は窓から顔を出した。

「こんばんは」

「家から見てたら、電気がついたんで来たんだ。繁太郎さんだね」

「はい、ちょっと待っててください」

繁太郎は階段を降りて外に出た。

「今晩はここに泊まっていくんだろ」

「はい、そうしようと思ってます」

「そういや、あんたは子供の頃、ここに来てたよな」

「二瓶さんにも何度か会ったことがあります。熊の肉を分けてもらったこともあります」

「あのさ、外で話しててもなんだから、うちに来ないか。夕飯は食ったか」

「食べてません」

「だったら食べにおいで」

繁太郎は、二瓶さんの軽トラックに乗せてもらって家に行き、奥さんの出してくれた山の幸をふんだんに使った料理を食べさせてもらい、ビールを飲んだ。

「あの人はえらい人だったよ。テレビに出ると、ヤラシイことや過激なこと言ったり、馬鹿なことを言ったりしてたけど、俺はここでの姿を知ってるから」

「僕の記憶にあるのは、ふざけてる祖父でした。そして女性を追いかけまわしていた姿です。でも、今となっては、女性を追いかけまわしていたのも少しわかるような気がします。いや違うか、あの人は節操なく追いかけまわしてたから」

「まあ、都会に行けば節操なくやってたみたいだけど、晩年もここに来ると、そりゃ真面目にやってたよ」

「そうなんですか、真面目な祖父なんて、僕にとっては意外です」

二瓶さんからは、繁松郎がここでは酒も飲まず、真面目に創作に没頭していたことを聞かされた。繁太郎や勝田家の親族の者達は、檜原村に行けば、繁松郎は飲んだくれて、だらだら過ごしているのだろうと思っていた。繁松郎も、「まあ、そんなもんだ」と否定しなかったのだ。それに後年は、誰かを秘露庵に呼んだりすることもなかったので、繁太郎が呼ばれていたのは異例だった。

「繁松郎さんが最初にここに来たのは、ちょうどあんたぐらいの歳の頃だったんじゃねえかな。俺は実家の農業を手伝ってたんだけどさ、すぐに仲良くなって。でも当時は、あの人、毎日取り憑かれたみたいに土をこねてたんだよ。たまに遠くから見ると、鬼みたいになって、土をこねてたな」

「鬼ですか」

「ああ」

「僕は、酔っ払って顔が赤くなって、鬼になってる姿しか見たことありませんでした」

「そうかい。この前来てたときは……まあ、あれが最後になっちまったけど、あんたのことをよく話してたんだよ。確か、あんたはかるたをやってたんだろ？　そんで大会に出て、優勝したんだろ。そんなことを嬉しそうに話してたよ。あいつは集中力があるんだって」

「準優勝です」

「似たようなもんだろ、優勝も準優勝も。とにかく、孫は集中力があるんだ、そして焼き物の才能があるから絶対にやらせたいって話してた」

「才能があるかどうかわかりません」

「そうだ。亡くなる三日前かな、いつものように弁当を届けに行ったら、工房の棚に壺を丁寧に並べてたんだ。あの人、整理整頓できない人だったから、珍しくて『何やってんだい』って訊いたら、『この並んだ壺から好きなの選んでみて』って言うんだ。だから、一番端っこの黒く光ってるのを選んだら、『まだまだだね』なんて笑われちまったんだけど、並べてたその壺は、孫のあんたにどれが良いかを選ばせようとしてたみたいだよ」

「正解とかあるんですか」

「正解は教えてもらえなかったけど」

「クイズみたいなもんですかね」

「どうなんだろう。当たったら壺の中に金でも入ってんのかね」

その日は深夜まで二瓶さんと酒を飲み、歩いて秘露庵に戻った繁太郎は、そのまま二階に上がって布団を出して眠った。布団は湿気《しけ》っていて、重たかった。そのせいか一晩中、身体の上に野豚が乗っている夢を見て金縛りにあった。

翌朝、一階に下りて、なんとはなしに工房を見まわしていると、入り口正面の棚に壺が五個置いてあった。

真っ黒の壺、蛇やジャガーの模様のある壺、群青色の壺、茶色い壺、薄汚れた白い壺。これらが、昨晩二瓶さんが話していた、繁松郎が並べていたという壺なのだろう。

繁太郎は、自分が一番良いと思うものを考え、白い壺を手に取ってみた。

なんてことない壺だったが、テーブルに置いて眺めようとすると、中からガサゴソと音がした。壺の中に手を突っ込むと、何かに手がふれた。引っ張り出すと、それは丸まった青いノートだった。表紙には、「しげたろう」と書いてある。

最初のページには繁松郎の字で、メッセージのようなものが書いてあった。

「お前がここに来て、これを読むことになるとしたら、この壺の中にノートを入れておいたことが正解だったということになる。並んだ壺の中で、この白い壺だけわしの作品ではない。お前は忘れてしまっているだろうが、お前が子供の頃ここに来たとき、工房を見渡して、この壺が一番好きだと言っていた。この壺は、わしが学生の頃、上野の不忍池《しのばずのいけ》の骨董市《こっとういち》で買ったもので、五〇円だった。当時の価格からしても安かった。どこの誰が作ったのかもわからないが、衒いもなく、ただ物を容れるために作られた壺だが、わしはこの壺が好きで、大事にしていた。そしてお前も好きだと言っていた。だから今回も、お前はこの壺を手に取ったわけだ。お前は以前、『壺の中なんて空洞じゃないか』と話していたが、この壺の中にはノートが入っている。ノートには、わしがお前に伝えたい、焼き物のことが最初から最後まですべて書いてある」

ノートは死ぬ前の滞在中に繁松郎が書いたもので、粘土の仕入れ先、粘土の保管してある場所、それをどのように出してどのようにこねるのか、形成するまでの心得、壺の形については絵で丁寧に描かれていて、大きさも記してある。さらに模様の絵のサンプルまで描かれていた。乾燥、色つけ、釉薬《ゆうやく》の塗り方などの手順、そして窯に作品を詰める方法、火の入れ方、焼き方、窯出しに至るまで細かく書いてあった。「窯に火を入れるときは、二瓶さんに訊けば何でもわかる」とも補足してあった。

手書きで丹念に書かれたノートを眺めていると、繁松郎の優しさと共に執念を感じた。けれども、どうしてここまでの思いを持って、自分に陶芸をやらせようとしていたのかは、いくらノートを読み返しても、繁太郎にはわからなかった。だが、ここまでされておきながら、「陶芸はやりません」と言って祖父に背くことは、いくら亡くなっているとはいえ酷な気もする。せっかく秘露庵に来たのだし、とりあえず意を決して、ノートに書かれている通りに焼き物を作ってみることにした。

とはいえ、ノートを読むと、乾燥や窯焼などの工程を含めると、少なくとも完成するまでに一ヶ月はかかりそうだった。

繁太郎はダルさんに電話して、祖父の工房に来たこと、残されたノートを読んで焼き物をやってみようと思っていることを話した。

電話越しのダルさんは、相変わらず陽気な声で、「そりゃ良い。是非やりなさい。仕事は一ヶ月後からでも良いです。それまで待ってます。あのね、わたしは研究所でいろいろ作ってるから、創作するには集中力が必要だということを知ってます。だから一ヶ月間、たっぷり集中してください。そして、もし余裕ができたら、わたしの発明品とコラボレーションしましょう。そうだそうだ、新たに『無限最高お酢ドリンク』という飲むお酢の健康食品を作ったんだ。それは、是非とも陶器の壺に入れて販売したいと思ってたんだ。だからさ、いずれ繁太郎君には、『無限最高お酢ドリンク』の容れ物を作って欲しいなあ」と言われた。

タカヨさんにも秘露庵に来ていることを電話で伝えると、「だったら、私に湯呑みでも作ってきてくださいよ。あと、繁太郎さんが酒田から送ってくれた魚介類はどうしましょう?」と言うので、「あれは、タカヨさんが食べても良いですし、姉達が来たときにでも料理してください」と答えておいた。

まずはノートに書かれている通り、工房の地下の倉庫にある粘土を取りに行く。粘土を包んでいるビニールを剥がし、粘土の塊を作業台に載せ、それから丹念に土をこねた。

昼どきになると二瓶さんがやってきて、作業する繁太郎を見て「おおやってるな」と喜び、弁当を手渡してくれた。繁太郎はいったん作業を中断して、二瓶さんと一緒に外のベンチで弁当を食べた。きのこの入ったお握りに、鶏の唐揚げ、フキの煮ものがその日の弁当だった。

繁太郎は弁当のフキの煮物を箸で摘んで、じっくりと眺めた。

「祖父はフキの煮物が好物で、お酒を飲みに行くとよく頼んでました。でも一口食べると、『フキは二瓶さんとこが一番だな』と話してたんです」

「あの人、フキ、好物だったもんな」

フキを口に入れた繁太郎は、祖父の好きだった味をしっかりと噛みしめた。

前方には、奥多摩の青い空が広がっている。

「繁松郎さんがこっちにいるときは、いつもこうやって一緒に弁当を食べてたんだ。特別眺めが良いわけじゃねえけど、なんか良いんだよな、ここからの眺めは」

二瓶さんもフキを口に入れた。

食後、ミナミさんからもらったさくらんぼを冷蔵庫から出してきて、二瓶さんと食べることにした。

「こりゃ美味いさくらんぼだね」

「山形産です」

「そうかい」

さくらんぼのアレルギーがある繁太郎だが、このさくらんぼだけは食べないわけにはいかなかった。一粒口に入れるたびに、一昨日《おととい》の夜自分がとった行動の不甲斐《ふがい》なさが、酸味となって滲み出てくる気がしたが、甘みの方はミナミさんを思い出せた。

「じゃあ、俺はそろそろ行くわ、さくらんぼありがとな。今晩も飯食べに来な」

二瓶さんが立ち上がり、軽トラックに乗って農作業に戻った。

繁太郎は、残りのさくらんぼをゆっくり味わいながら食べた。目をつぶると、光の中にミナミさんの姿があった。

やがて喉が詰まって息苦しくなってきた。体も火照って痒くなってきた。アレルギー反応なのかわからないが、股間に蛇が絡まっているような感じがして、陰茎が熱くなり硬くなってきた。股間に手を伸ばしかけると、首筋がもの凄く痒くなり、爪を立てて掻きはじめたら、呼吸が荒くなり、光の中のミナミさんは、だんだん暗くなって影だけになってしまった。

目の前が真っ暗になった。

繁太郎はベンチから転げ落ちて気絶した。

一時間くらい地面に転がっていた繁太郎であるが、意識を取り戻すと何事もなかったかのように工房に入り、粘土を手でひねりながら形を作っていった。ノートにある祖父の教え通りの壺を作りはじめた。三日かけて、同じ壺を五つ作った。

窯に火を入れる際、窯の中がスカスカだときちんと焼けないとノートに記されてあり、窯の中が詰まるように他にも何か作らなくてはならず、電話でダルさんからお酢を入れる蓋付きの壺の形状を聞き出し、試作品を一〇個作ってみた。さらに、タカヨさんに言われた湯呑みも三つ作った。

まさか、壺やら湯呑みやらを自分が作ることになるとは思いもしなかったが、この数日間、粘土をこねていると気分が良くなり、作業が止まらなくなっていた。

午前中は毎日、二瓶さんが弁当を持ってきてくれるまで、繁太郎は無心になって作業をした。その様子を工房の窓越しに見ていた二瓶さんが、「やってるね、なんだか繁松郎さんみてぇだな」と声をかけた。

形になったものを乾燥させて、削りながら整える作業に入った。それから一週間、完全に乾燥させる。その間は、世話になっている二瓶さんの役に少しでも立ちたいと思い、毎日、畑仕事を手伝った。本来、乾燥が終われば工房にある電気釜で素焼きをするが、今回は薪窯で作るので素焼きはしなかった。その後、倉庫から出してきた顔料で色や模様をつけて、釉薬を塗った。

ようやく工房の横にある薪窯に火を入れる段階になり、二瓶さんに頼むと、大量の薪を持ってきてくれた。窯詰めなどの作業も二瓶さんが手伝ってくれて、夕方に二人で窯に火を入れた。手順はすべて二瓶さんが知っていた。「窯に火を入れたら祭りみたいなもんだ。神聖な儀式でもあるが、楽しめ、火と遊べ」と繁松郎のノートには書いてあった。ここから三日間焼き続けるので、二瓶さんと交代で窯の当番をすることになる。

「みかきもり衛士《えじ》のたく火の夜は燃え昼は消えつつものをこそ思え」

繁太郎は百人一首の一つを思い出し、ミナミさんのことを考えた。窯を眺めていると、燃える火のごとくミナミさんへの気持ちが盛り上がっていった。大学時代の四年間、かるたサークルにいたが、いまになってはじめて恋の歌を知った気がした。

繁松郎の「楽しめ、火と遊べ」の言葉のように、人を好きになることを楽しむ余裕はまだ繁太郎にはなかったが、本当に楽しいことなのだろうという想像はできた。

一度家に戻っていた二瓶さんが、夜になると肉を持ってやってきた。

「繁松郎さんは『本物の陶芸家はこういうことは絶対やらないんだけどよ』と言ってたけど、やっぱ、あの人はお茶目なところがあったよな」

二瓶さんは、窯のへりの煉瓦《れんが》の上に肉を置いて焼きはじめた。猪の肉だった。香ばしい匂いが窯のまわりに立ち込める。

「繁松郎さんはこうやって食べる肉が好きだったんだ」

二瓶さんが笑いながら言った。焼けた肉は、箸で摘んで市販の焼肉のタレにつけて食べた。

三日後、ようやく焼き上がり、その二日後に冷めた焼き物を窯から取り出した。

繁松郎の教え通りに作った、五つの壺をテーブルに並べた。

土塊《つちくれ》が、このように壺になったのだ。繁太郎は、壺なんて本を正せばただの土だと思っていたが、土の踏ん張りによって壺になるということを知った。さらに自分の手でこねて作ってみると、土に愛着が湧き、何日も炎にさらされ、「よく頑張った」と声をかけてやりたくなった。

並んだ壺を眺めながら、形も色も一番良いと思えたものをミナミさんにあげようと思った。同時に、「女性に壺をあげるなんて、繁松爺さんと同じじゃないか」と思えてきた。

その瞬間、壺は、真っ二つに割れた。

繁太郎は、倉庫から粘土を出してきて、ふたたび土をこねはじめた。

この物語はフィクションであり、登場する人物、団体名、事象等は実在するものとは一切関係ありません。

初出　「ＮＨＫ出版 ＷＥＢマガジン」（二〇一五年六月〜二〇一七年一二月）に連載したものを大幅に改稿したものです。

校正　鈴木由香
ＤＴＰ　ＮＯＡＨ

戌井昭人（いぬい・あきと）
1971年生まれ、東京都出身。小説家、劇作家。玉川大学文学部演劇専攻卒業。文学座を退所後、97年、劇団「鉄割アルバトロスケット」を旗揚げ。2008年「新潮」掲載の「鮒のためいき」で小説家デビュー。14年「すっぽん心中」で川端康成文学賞、16年『のろい男　俳優・亀岡拓次』で野間文芸新人賞をそれぞれ受賞。主な著書に『まずいスープ』『ぴんぞろ』『ひっ』『どろにやいと』『ゼンマイ』などがある。20年12月、『さのよいよい』が発売予定。

壺の中にはなにもない

二〇二〇年十月二十五日　第一刷発行

著者　戌井昭人　©2020 Inui Akito
発行者　森永公紀
発行所　NHK出版
〒一五〇-八〇八一　東京都渋谷区宇田川町四十一-一
電話　〇五七〇-〇〇九-三二一（問い合わせ）
　　　〇五七〇-〇〇〇-三二一（注文）
ホームページ　https://www.nhk-book.co.jp
振替　〇〇一一〇-一-四九七〇一

印刷　三秀舎／大熊整美堂
製本　ブックアート

Printed in Japan　ISBN978-4-14-005713-1　C0093